황산
Acide sulfurique

황산

초판 1쇄 2006년 11월 30일
초판 3쇄 2011년 2월 17일
개정판 1쇄 2015년 7월 10일

지은이 · 아멜리 노통브
옮긴이 · 이상해
펴낸이 · 김종해

펴낸곳 · 문학세계사
출판등록 · 제21-108호(1979.5.16)
주소 · 서울시 마포구 신수로 59-1(121-856)
대표전화 · 02-702-1800, 팩시밀리 · 02-702-0084
이메일 mail@msp21.co.kr
홈페이지 www.msp21.co.kr
트위터 @munse_books
페이스북 https://www.facebook.com/munsebooks

값 8,500원
ISBN 978-89-7075-370-6 03860

아멜리 노통브 소설

황산

Acide sulfurique

이상해 옮김

문학세계사

ACIDE SULFURIQUE

by

Amélie Nothomb

Copyright © Editions Albin Michel S.A. Paris 2005

Korean Translation Copyright © Munhak Segye-Sa Publishing Co. 2006

This Korean edition is published by arrangement with Editions

Albin Michel S.A. Paris through ShinWon Agency, Seoul.

제1부

타인의 고통만으로 더는 충분치 못한 순간이 왔다. 그들에겐 고통의 쇼가 필요했다.

체포 대상이 되는 데에는 어떠한 자격도 필요치 않았다. 무차별 검거는 아무 데서나 이뤄졌고, 그들은 닥치는 대로 잡아갔다. 단 한 명의 예외도 없이. 인간이면 무조건 체포, 그것이 유일한 기준이었다.

그날 아침, 파노니크는 식물원으로 산책을 나갔다. 방송 조직자들이 식물원을 덮쳤고, 샅샅이 뒤져 사람이란 사람은 모조리 체포했다. 그리고 곧 파노니크는 트럭에 태워졌다.

그것은 첫 방송 전에 일어난 일이었다. 그들에게 무슨 일이 일어날지 아직 몰랐던 사람들은 화를 냈다. 역에 도착하자, 조직자들은 사람들을 가축용 화물칸에 태웠고, 파노니크는 그들이 사람들을 촬영하는 것을 보았다. 여러 대의 카메라가 사람들을 따라다니며 그들이 드러내는 불안을 낱낱이 찍어대고 있었다.

그때 그녀는 반항을 해봤자 아무 소용이 없을 뿐만 아니라, 그것이 바로 그들이 노리는 것이라는 사실을 깨달았다. 그래서 그녀는 긴 여행 내내 대리석처럼 굳은 표정만 짓고 있었다. 그녀 주위에서 아이들은 울어댔고, 어른들은 투덜거렸으며, 노인들은 숨을 헐떡였다.

그들은 우리가 이미 알고 있는 한 가지 사실만 제외하면— 감시 카메라들이 곳곳에 설치되어 있었다—나치 수용소와 크게 다르지 않은 수용소에 사람들을 부려놓았다.

방송 조직자가 되기 위해선 어떠한 자격도 필요하지 않았다. 조직위원들은 지원자들을 줄지어 지나가게 하고는 그 중에서 '가장 의미심장한 얼굴'을 가진 사람들을 골라냈다. 이렇게 뽑힌 사람들은 자신들의 평소 행동에 관해 묻는 설문지에 답해야 했다.

즈데나는 그 시험에 합격했다. 평생 단 한 번도 시험에 합격해보지 못했던 그녀는 그 사실이 무척 자랑스러웠다. 앞으로 그녀는 방송계에서 일한다고 당당하게 말할 수 있을 것이다. 그것은 변변히 공부 한 번 못해본 그녀가 스무 살의 나이에 덥석 꿰찬 첫 일자리였다. 주변 사람들도 앞으론 그녀를 함부로 놀려대지 못할 것이다.

조직위는 그녀에게 방송 원칙들을 설명해줬다. 책임자들은 그것들이 충격적이냐고 그녀에게 물었다.

"아뇨, 좀 세긴 하지만." 그녀는 이렇게 대답했다.

곰곰이 생각에 잠겨 있던 조직위원이 바로 그거라고 그녀에게 대답했다.

"그게 바로 시청자들이 원하는 거요. 점잔빼는 거, 미지근한 건 이제 끝났소."

그녀는 처음 보는 사람들을 때리고, 공연히 욕설을 퍼붓고, 권위를 행사하고, 하소연에 마음이 약해지지 않을 수 있다는 것을 증명함으로써 다른 테스트들도 통과했다.

"중요한 것은 시청자들에 대한 존중심이오. 우리가 무시해도 좋은 시청자는 아무도 없소." 한 책임자는 이렇게 말했다.

즈데나는 동의했다.

카포(나치 수용소에서 동료 포로들을 감독하던 사람—옮긴이)의 직책이 그녀에게 주어졌다.

"우린 앞으로 당신을 즈데나 카포라고 부를 거요." 그들이 그녀에게 말했다.

그녀는 그 군사 용어가 마음에 들었다.

"아주 근사하군, 즈데나 카포." 그녀는 거울을 보며 자신에게 이렇게 말했다. 그녀는 이미 자신이 촬영되고 있다는 사실을 까맣게 잊고 있었다.

신문들은 이제 오로지 그 얘기만 떠들어댔다. 사설들은 목소리 높여 성토했고, 의식 있는 사람들은 분노를 감추지 못했다.

하지만 첫 방송이 나가자마자 시청자들은 뜨거운 반응을 보였다. 그냥 소박하게 '집단수용소'라 이름 붙여진 그 방송은 연일 기록적인 시청률을 나타냈다. 그런 끔찍한 일을 생중계로 본 적이 단 한 번도 없었으니까.

"볼 만한 일이 벌어지고 있어." 사람들은 이렇게 말했다.

그리고 카메라는 찍을 만한 것이 있었다. 카메라는 여러 개의 눈으로 포로들이 수용되어 있는 막사, 볏짚을 쌓아놓은 변소나 다름없는 곳을 이리저리 비춰댔다. 해설자는 텔레비전이 전할 수 없는—아쉽게도!—오줌냄새와 축축한 한기를 상기시켰다.

카포들에게는 몇 분 동안 카메라 앞에 서서 자신을 소개할 수 있는 기회가 주어졌다.

즈데나는 믿을 수가 없었다. 카메라가 오백 초가 넘는 시간 동안 오로지 그녀만을 비추다니! 그리고 그 인조 눈 뒤에는 수백만의 진짜 눈들이 있었다!

한 조직위원이 카포들에게 말했다.

"시청자들의 호의를 살 수 있는 이 기회를 놓치지 마시오. 시청자는 당신들을 잔인한 짐승들로 여기고 있소. 당신들이 인간이라는 걸 보여주시오."

"텔레비전은 당신들 중 생각이나 이상을 갖고 있는 사람들에겐 연단이 될 수도 있다는 사실을 잊지 마시오." 그들의 입에서 잔혹한 말들이 나오기를 얼마나 기대하는지 말해주는 변태적인 미소를 지으며 또 다른 위원이 말했다.

즈데나는 자신에게 생각이 있는지 스스로 물어보았다. 그녀의 머리 속을 떠도는 혼란스런 말들, 그녀가 오만하게도 자신의 생각이라고 명명했던 그 말들은 그 질문에 긍정적인 결론을 내리게 할 정도로 그녀를 멍청하게 만들지는 않았다. 하지만 그녀는 시청자의 호의를 불러일으키는 데에는 별 어려움이 없을 거라고 생각했다.

그것은 사람들이 흔히 하는 순진한 착각이다. 사람들은

텔레비전이 그들을 얼마나 추하게 만드는지 모르고 있다. 즈데나는 카메라가 거울만큼 관대하지 않으리라는 사실을 깨닫지 못한 채 거울 앞에 서서 짧은 연설을 준비했다.

시청자들은 카포가 등장하는 시간을 손꼽아 기다렸다. 그들은 그 카포들을 마음껏 증오할 수 있으리라는 걸, 그들이 증오를 살만한 짓을 하리라는 걸, 그들이 그 증오를 정당화시켜줄 구실을 덤으로 제공하리라는 것을 알고 있었다.

아니나다를까, 그들은 시청자들을 실망시키지 않았다. 천박함에 있어서 카포들은 그들의 기대를 넘어섰다.

그들은 세련되지 못한 얼굴을 가진 즈데나라는 젊은 여자에게 특히 분노했다.

"전 스무 살이고요, 이곳에서 경험을 쌓고자 노력하고 있습니다. '집단수용소'에 대해 선입견을 가져서는 안 됩니다. 게다가 지금은 판단을 내릴 때가 아니라고 전 생각합니다. 우린 아직 판단할 위치에 있지 않으니까요. 일 년 후, 방송이 끝난 뒤에는 뭔가를 생각해볼 수도 있겠죠. 하지만 지금은 아니에요. 우리가 여기서 포로들에게 하는 짓이 정상이 아니라고 여기실 분들이 있다는 건 저도 알아요. 그분들에게 이 질문을 던지고 싶군요. 그렇다면 정상이란 도대체 뭐죠? 선과 악은 도대체 뭐죠? 그것은 문화적인 것입니다."

"그렇다면 즈데나 카포", 조직위원이 끼어들었다. "이곳 포로들이 겪는 일을 당신도 기꺼이 겪을 수 있다는 뜻입니까?"

"그건 잘못된 질문이에요. 무엇보다 우린 포로들이 이 일을 어떻게 생각하는지 알지 못합니다. 조직자들이 그들에겐 그것을 묻지 않으니까요. 어쩌면, 아무 생각도 하지 않을지도 모르죠."

"생선은 산 채로 토막을 내도 비명을 지르지 않지요. 그 경우, 당신은 그 생선이 고통스러워하지 않는다고 결론짓겠소, 즈데나 카포?"

"제대로 된 질문이네요, 이번 것은. 유념하도록 하겠습니다." 동의를 구걸하는 야비한 웃음을 터뜨리며 그녀가 말했다. "그들이 감옥에 갇히게 된 데에는 이유가 없지 않다고 전 생각해요. 사람들이 뭐라 말하든, 전 그들이 약자 틈에 낀 건 우연이 아니라고 생각합니다. 한 가지 확실한 것은 젠체하는 여자와는 거리가 먼 저는 강자들 편이라는 사실입니다. 학창시절에도 그랬어요. 운동장 한쪽에는 내숭떠는 계집아이들이 끼리끼리 몰려 있었죠. 전 결코 그들 틈에 끼지 않았어요. 전 거친 애들과 함께 있었죠. 전 결코 동정을 사려 들지 않았어요."

"포로들이 동정을 사려 한다고 생각합니까?"

"그건 분명합니다. 그들은 시청자들의 동정을 살 수 있는 좋은 역할을 맡고 있어요."

"아주 좋아요, 즈데나 카포. 솔직하게 답변해주셔서 감사합니다."

즈데나는 자신이 말한 것에 놀라움을 금치 못하며 카메라 앞을 떠났다. 그녀는 자신이 그렇게 많은 것을 생각하고 있는지 알지 못했다. 그녀는 자신이 시청자들에게 멋진 인상을 남길 거라고 생각하며 속으로 기뻐했다.

신문들은 카포들, 그 중에서도 특히 가르치려 드는 어투로 시청자들에게 큰 충격을 준 즈데나 카포의 허무주의적인 뻔뻔스러움을 일제히 성토했다. 논설위원들은 포로들이 오히려 좋은 역할을 맡고 있다는 그녀의 주장을 거듭 문제삼았다. 신문사에는 자족적인 어리석음, 인간성의 고갈을 성토하는 독자들의 기고문이 답지했다.

즈데나는 자신에게 쏟아지는 혐오어린 비판을 이해할 수가 없었다. 그녀는 단 한순간도 자신의 표현이 잘못되었다고 생각하지 않았다. 그래서 그녀는 시청자와 기자들이 자신의 교양 부족을 비난하는 부르주아들이라고 결론지었다. 그녀는 그들의 반응을 룸펜프롤레타리아 계급에 대한 그들의 증오 탓으로 돌렸다. '기껏 존중해줬더니!' 그녀는 이렇게 생각했다.

그래서 그녀는 곧 그들을 더는 존중하지 않기로 마음먹었다. 이제 그녀가 존중하는 것은 오로지 방송 조직위원들뿐이었다. '적어도 그들은 이러쿵저러쿵 날 심판하지 않으니까. 증거? 그들은 나에게 봉급을 지불하잖아. 그것도 아주 후하게.' 어마어마한 착각. 방송 조직위원들은 즈데나를 경멸했다. 그들은 그녀를 비웃었고, 봉급도 아주 박하게 지불했다.

반면, 가능성이 전혀 없다고 봐야 하겠지만, 산 채로 수용소를 나오는 포로가 있었다면 그는 아마 영웅 대접을 받았을 것이다. 시청자들은 희생자들에게 찬사를 보냈다. 그 방송은 교묘하게도 희생자들의 가장 숭고한 모습만을 골라 내보냈다.

포로들은 그들 중 누가 촬영되고 있는지, 시청자들이 뭘 보고 있는지도 몰랐다. 그것 역시 형벌의 일부였다. 못 견디고 쓰러지는 사람들은 그 장면이 카메라에 잡힐까봐 몹시 두려워했다. 신경발작의 고통에 구경거리가 되고 있다는 수치심이 더해졌으니까. 실제로 카메라는 히스테리의 순간들을 놓치지 않았다.

하지만 그런 장면들만 골라 찍는 것은 아니었다. 고문당하는 인간의 아름다움을 최대한 보여주는 것이 '집단수용소'의 방송 취지라는 걸 카메라는 알고 있었다. 이런 이유 때문에 카메라는 곧 파노니크를 주목했다.

파노니크는 그 사실을 모르고 있었다. 그것이 그녀를 구했다. 자신이 카메라가 가장 선호하는 표적이라는 사실을 짐작이라도 할 수 있었다면, 그녀는 아마 버텨내지 못했을 것이다. 하지만 그녀는 그토록 잔인한 방송은 오로지 고통에만 관심을 가질 거라고 확신했다.

그래서 그녀는 고통을 드러내지 않으려고 무진 애를 썼다.

매일 아침, 심사위원들이 너무 쇠약해져 더는 노동을 할 수 없는 사람들, 즉 처형장으로 보내질 사람들을 추려내기 위해 막사별로 점호를 할 때, 파노니크는 불안과 역겨움을 도도한 가면 뒤에 감췄다. 그리고 카포들이 채찍을 들고 감시하는 가운데 아무 쓸모가 없는데도 무조건 파야만 하는 터널에서 하루 종일 돌덩어리를 치울 때도 그녀는 아무 감정도 드러내지 않았다. 끝으로, 카포들이 그 굶주린 사람들에게 저녁식사랍시고 불결한 수프를 나눠줄 때도 그녀는 아무 표정 없이 그것을 받아 삼켰다.

파노니크는 스무 살이었고, 더없이 고결한 얼굴을 갖고 있었다. 그곳에 잡혀오기 전, 그녀는 고생물학을 전공하는 여대생이었다. 디플로도쿠스(Diplodocus, 공룡의 일종—옮긴이)에 대한 남다른 열정은 그녀에게 거울을 볼 시간도, 그 눈부신 젊음을 사랑에 바칠 시간도 남겨주지 않았다. 그녀의 지성은 이미 눈부신 그녀의 외모를 더욱 빛나게 만들었다.

조직위원들도 머지않아 그녀를 주목했고, 당연하게도 그녀에게서 '집단수용소'가 내세울 수 있는 스타급 여주인공의 재목을 보았다. 그토록 아름답고 우아한 아가씨가 모두가 생중계로 지켜보는 가운데 머지않아 죽음을 맞이할 것이라는 사실이 팽팽한 긴장감을 조성했다.

하지만 그 사이, 그 멋진 아가씨가 고통을 겪는 모습을 보며 맛볼 수 있는 희열을 시청자들에게서 박탈해서는 안 되었다. 따라서 그 탐스러운 몸에 수시로 매질이 가해졌다. 몸을 망가뜨리지는 않도록 너무 세지는 않게, 하지만 순수한 공포를 불러일으킬 정도로 충분히 세게. 또한 카포들에게는 욕을 퍼부을 수 있는 권리가 있었기 때문에 그들은 시청자를 흥분시키기 위해 파노니크에게 가장 저속한 욕설을 퍼붓는 일을 마다하지 않았다.

파노니크를 처음 봤을 때 즈데나는 눈살부터 찌푸렸다. 그녀는 그런 것을 한 번도 본 적이 없었다. 저게 도대체 뭐지? 살아오면서 숱한 사람을 만나봤지만, 파노니크의 얼굴을 통해 표현되는 것, 그런 것은 단 한 번도 본 적이 없었다. 게다가 그녀는 그것이 그녀의 얼굴 위에 있는 것인지, 아니면 얼굴 속에 있는 것인지 알지 못했다.

'아마 둘 다일 거야.' 두려움과 혐오감이 뒤섞인 감정을 느끼며 그녀는 생각했다. 즈데나는 자신을 불편하게 만드는 그것이 끔찍이 싫었다. 그것은 소화가 안 되는 음식을 먹었을 때처럼 그녀의 심장을 옥죄어왔다.

즈데나 카포는 밤마다 그것에 대해 곰곰이 생각해보았다. 차츰 그녀는 자신이 늘 그 생각만 하고 있다는 것을 깨달았다. 누군가 그녀에게 그것이 도대체 뭐냐고 물었다면,

그녀는 아마 대답할 수 없었을 것이다.

낮 동안, 그녀는 몰래 파노니크를 관찰하고, 왜 그 모습이 자신을 그토록 사로잡는지 이해하기 위해 가능한 한 자주 그녀 주변에 머물 수 있도록 수를 썼다.

그런데 살펴보면 살펴볼수록 점점 더 이해할 수가 없었다. 그녀는 열두 살경에 학교에서 들었던 역사수업을 아주 희미하게 기억하고 있었다. 교과서에는 중세시대의 것인지 아니면 그 이후 시대의 것인지 확실히 기억이 나지 않는 옛날 그림들이 실려 있었다. 가끔 그런 그림에 나오는 여자들이—동정녀들? 공주들?—얼굴 위와 속에 그와 똑같은 신비를 품고 있었다.

소녀 시절, 그녀는 그것은 사람들이 상상해낸 것이라고 생각했다. 그런 얼굴은 실제로는 존재하지 않았다. 아무리 주변을 둘러봐도 그런 얼굴은 없었다. 그것은 아름다움이 아닌 것이 분명했다. 텔레비전에 나오는, 통상 아름답다고 여겨지는 여자들은 그렇게 생기질 않았으니까.

그런데 지금 그 낯선 여자가 그런 얼굴을 하고 있었다. 따라서 그것은 존재했다. 그 얼굴을 보면 왜 그토록 마음이 불편해지는 걸까? 왜 울고만 싶어지는 것일까? 유독 그녀만 그렇게 느끼는 것일까?

즈데나는 잠을 이룰 수가 없었다. 잠을 못 자 눈이 퉁퉁 부어올랐다. 잡지들은 카포들 중 가장 야비한 여자가 점점 더 짐승을 닮아가고 있다고 떠들어댔다.

그들은 포로들이 수용소에 도착하자마자 그들을 벌거벗기고 규정 복장을—조잡하고 헐렁한 옷—배급해주었다. 그리고는 포로의 피부에 등록번호를 새기고 그것을 유일한 이름으로 허락했다.

CKZ 114는—파노니크는 이렇게 불렸다—시청자들에게 가장 인기가 좋은 인물이 되었다. 신문들은 아무도 목소리를 들어본 적이 없는, 아름답고 기품 있는 그 아가씨에 대한 기사를 여러 차례 실었다. 사람들은 그녀의 표정에 지성과 고귀함이 배어 있다고 입에 침이 마르도록 칭찬했다. 그녀의 사진이 여러 잡지의 표지를 장식했다. 흑백이든 컬러든, 그녀에겐 뭐든지 잘 어울렸다.

즈데나는 "아름다운 CKZ 114"라는 제목이 붙은 사설을 읽었다.

아름답다는 것, 그건 바로 그런 것이었다. 즈데나 카포로서는 전혀 모르는 분야였기 때문에 감히 그것에 그 수식어를 붙일 수가 없었다. 하지만 비록 이해하지는 못했지만 적어도 그것을 알아봤다는 것에 그녀는 큰 자부심을 느꼈다.

아름다움, 바로 그것이었다, CKZ 114의 문제는. 아름답다고 추정된 텔레비전의 아가씨들을 보고 그 불편함을 전혀 느끼지 못한 즈데나는 어쩌면 그 여자들이 진정으로 아름다운 게 아닐지도 모른다는 결론을 내렸다. '집단수용소'는 즈데나에게 진정한 아름다움이 어떤 것인지 가르쳐주었다.

그녀는 특별히 잘 나온 CKZ 114의 사진을 오려 침대 옆에 붙여놓았다.

포로와 시청자들은 카포들의 이름을 안다는 공통점을 가지고 있었다. 카포들은 마치 그것을 자신의 귀로 직접 들을 필요가 있다는 듯, 자신의 이름을 소리 높여 외칠 기회를 놓치지 않았다.

아침 점호 때 그들은 이렇게 말했다.

"마르코 카포 앞에서는 똑바로 서 있어야 해, 알겠나!"

또 터널 작업 때는,

"이런, 얀 카포에게 복종한다는 게 이 따위야?"

카포들 사이에는 어떤 유사성이 존재했다. 한결같이 사납고 거칠고 어리석다는 점까지 포함해서.

카포들은 젊었다. 모두가 서른 살 미만이었다. 보다 나이 든, 나아가 늙은 지원자들도 없지 않았지만, 조직위원들은 맹목적인 폭력이 보다 젊은 몸에서, 소녀의 근육에서, 그리고 포동포동한 얼굴에서 발현되어야 더 깊은 인상을 심어줄 거라고 생각했다.

도를 넘어서는 경우도 있었다. 끊임없이 환심을 사려고 애쓰는 요염한 탕녀, 렌카 카포가 그랬다. 그녀에겐 시청자들을 유혹하고, 다른 카포들 앞에서 엉덩이를 흔들고 다니는 것만으론 충분하지 않았다. 그녀는 가슴이 깊게 파인 옷을 입고 포로들 얼굴에 바싹 들이대거나 자신의 채찍에 굴복하는 자들에게 추파를 던짐으로써 그들을 유혹하려고 시도하기까지 했다. 악취가 물씬 풍기는 방송 분위기에 더해진 그 색광증은 시청자들을 매료시키는 동시에 역겹게 만들었다.

포로들은 시청자들과 마찬가지로 고통을 함께 나누는 동료들의 이름을 몰랐다. 그들은 그것을 알고 싶었을 것이다. 그만큼 연대와 우정은 그들에겐 무엇보다 절실한 것이었다. 하지만 그들은 그것이 위험하다는 것을 본능적으로 느끼고 있었다.

아닌게아니라 그들은 그 실례를 곧 접할 수 있었다.

즈데나 카포는 CKZ 114와 함께 있을 수 있는 기회를 자꾸 만들어갔다. 상부지시는 조금도 변하지 않았다. 누군가를 공연히 때려야만 한다면, 그 대상은 언제나 미녀였다.

이 지시를 등에 업은 즈데나는 의무를 운운하며 파노니크를 괴롭히는 일에 더욱 집착했다. 그녀는 그 일에 특별한 열정을 보였다. 아름다움을 망가뜨리지 말라는 지시를 어기지 않는 범위 내에서 즈데나는 CKZ 114에게 지나치다 싶을 정도의 폭행을 가했다.

조직위원들도 그 사실을 알았지만 제재를 가하지는 않았다. 포악함의 화신이라 할 수 있는 즈데나가 우아하고 섬세한 CKZ 114에게 가하는 폭행에는 시청자들을 매료시키는 뭔가가 있었다.

하지만 그들은 즈데나의 강박이 드러나는 또 다른 징후에는 중요성을 부여하지 않았다. 그녀는 끊임없이 희생자의 이름을, 아니 그보다는 그녀의 '등록번호'를 불러댔다.

"일어나, CKZ 114!"

또는,

"복종하는 게 어떤 건지 가르쳐 주마, CKZ 114!"

또는,

"오늘 어디 한 번 톡톡히 당해봐라, CKZ 114!"

많은 것을 내포하고 있는 이 단순한 고함까지,

"CKZ 114!"

가끔 지칠 대로 지쳐 그 싱싱한 몸을 더는 때릴 수 없을 지경이 되면 즈데나는 그녀를 바닥에 내팽개치며 이렇게 말했다.

"오늘은 이 정도로 해두지, CKZ!"

파노니크는 그렇게 당하면서도 감탄스러운 용기와 품위

를 보였다. 그녀는 입을 앙다문 채 비명은 고사하고 신음소리조차 내지 않으려고 애썼다.

파노니크가 속한 조에 그녀가 얻어맞는 것을 특히 못견뎌 하는 서른 살 가량의 남자가 하나 있었다. 그녀가 얻어맞는 걸 바라보는 그의 안타까운 눈길은 차라리 자신이 맞는 것이 낫겠다고 말하는 것 같았다. 어느 날 저녁 휴식시간, EPJ 327이라 불리는 그가 그녀에게 다가가 말했다.

"그녀는 당신만 유난히 괴롭혀요, CKZ 114. 정말 못 보고 있겠소."

"그녀가 아니어도 다른 누군가가 그 일을 하겠죠."

"난 얻어맞는 게 차라리 다른 사람이었으면 좋겠소."

"제가 어떻게 하길 바라세요, EPJ 327?"

"나도 모르겠소. 내가 그녀에게 말을 해볼까요?"

"당신에게 그럴 권리가 없다는 건 잘 아시잖아요. 게다가 그건 그녀를 더욱 흉포하게 만들어놓기만 할 거예요."

"그럼 당신이, 당신이 그녀에게 직접 말해보면?"

"저한테도 그럴 권리가 없긴 마찬가지예요."

"꼭 그렇지는 않아요. 즈데나 카포는 당신에게 매료되어 있어요."

"제가 그녀의 놀음에 장단을 맞출 거라고 생각하세요?"

"무슨 말인지 알겠소."

그들은 사방에 숨겨져 있는 도청장치에 그들의 대화가 포착될까봐 아주 낮은 목소리로 대화를 나누고 있었다.

"CKZ 114, 당신 이름을 물어봐도 되겠소?"

"다른 때였으면 기꺼이 가르쳐드렸을 거예요. 하지만 여기선 안 밝히는 게 나을 것 같아요."

"왜죠? 난, 당신이 원하기만 한다면 밝힐 각오가 되어 있어요. 내 이름은……"

"EPJ 327. 당신 이름은 EPJ 327이에요."

"아, 난 당신에게 내 이름을 가르쳐주고 싶소. 당신 이름도 알고 싶고."

그가 절망에 빠져 자기도 모르게 어조를 높이기 시작했다. 그녀가 입술에 검지를 올려놓으며 목소리를 낮추라는 신호를 보냈다. 그가 소스라치듯 놀라 입을 다물었다.

사실, 즈데나 카포의 열정도 EPJ 327의 그것과 비슷했다. 그녀는 CKZ 114의 이름을 알고 싶어 안달이 나 있었다. 그녀의 등록번호를 하루에 사십 번씩 부르짖어도 속이 개운하질 않았다.

인간이 등록번호 대신 이름을 가지는 데에는 이유가 있다. 이름은 그 개인의 내부로 들어가는 열쇠다. 그것은 그 개인의 문을 열고자 할 때 자물쇠 속에서 나는 섬세한 딸깍거림이다. 그것은 소통을 가능케 하는 금속성 음악이다.

신분증이 개인에 대해 아무것도 가르쳐주지 않듯, 등록번호도 타인에 대해 아무것도 가르쳐주지 않는다.

즈데나는 자기가 가진 권력의 이러한 한계를 알아차리고는 격노했다. CKZ 114에 대해 거의 무한한 권리를 행사하는 그녀로서도 그녀의 이름을 알 수 있는 방법이 없었다. 그녀의 이름은 어디에도 기록되어 있지 않았다. 포로들의 신분증이 수용소 도착 즉시 소각되었던 것이다.

따라서 CKZ 114의 이름은 그녀 자신의 입을 통하지 않고는 알 수가 없었다. 포로에게 그런 질문을 해도 되는지 알지 못했지만, 즈데나는 터널 작업 때 CKZ 114에게 조심스럽게 다가가 귀에 대고 물었다.

"네 이름이 뭐야?"

파노니크는 아연실색한 표정으로 그녀를 돌아보았다.

"이름이 뭐냐니까?" 카포가 또다시 속삭였다.

CKZ 114는 단호한 표정으로 고개를 젓고는 묵묵히 돌 치우는 일을 다시 시작했다.

자존심이 크게 상한 즈데나는 채찍을 꺼내 그 무례한 여자를 마구 후려쳤다. 그녀가 힘이 빠져 마침내 채찍질을 멈췄을 때, CKZ 114는 고통을 참으며 마치 이렇게 말하는 것 같은 의미심장한 눈길을 보냈다.

'이런 식으로 날 굴복시킬 수 있을 거라고 생각한다면 오산이야!'

'내가 멍청했어. 나는 원하는 걸 얻기 위해 그녀를 망가뜨리고 있어. 바보 같은 즈데나! 하지만 내 잘못만은 아냐. 저것이 날 비웃으며 신경을 건드리니 흥분하지 않을 수가 있어야지. 저것이 매를 벌어요, 매를!' 카포는 이렇게 생각했다.

즈데나는 감시카메라 테이프를 돌려보다가 CKZ 114와 EPJ 327가 남몰래 대화를 나누는 장면을 목격했다. 그녀는 의무실에서 펜토탈(마취제)을 슬쩍해 EPJ 327에게 주사했다. 그 진실의 주사액에 혀가 풀린 EPJ 327은 쉴새없이 말을 하기 시작했다.

"내 이름은 피에트로, 피에트로 리비, 난 내 이름을 말하고 싶어서, CKZ 114의 이름을 알고 싶어서 죽을 지경이었어, 나에게 그것을 숨긴 그녀가 옳았어, 안 그랬으면 내가 지금 그걸 너에게 술술 불고 있을 테니까, 즈데나 카포, 난 널 증오해, 넌 내가 경멸하는 모든 것이야, 그리고 CKZ 114는 아름다움, 고귀함, 우아함, 내가 사랑하는 모든 것이지, 내가 널 죽일 수만 있다면, 즈데나 카포……."

그 정도면 캐낼 만큼 캐냈다고 생각한 그녀는 그를 무자비하게 때리기 시작했다. 조직위원들이 그녀를 말렸다. 그녀에겐 자신의 개인적인 즐거움을 위해 포로들을 고문할 권리가 없었다.

"원하면 뭐든지 해, 즈데나 카포. 단, 카메라 앞에서!"

그리고 펜토탈은 압수되었다.

즈데나는 생각했다. '내가 멍청이 중의 멍청이가 아니었다면 CKZ 114부터 불러 그 펜토탈을 주사했을 거야. 남은 펜토탈을 모두 압수당해버렸으니 그녀의 이름을 알아내는 일은 물 건너가 버렸어. 그 신문들이 옳았어. 난 자기만족에 빠진 바보에 지나지 않아.'

즈데나가 자신의 무능을 의식하고, 또 그것을 부끄러워한 건 그때가 처음이었다.

그때부터 그녀는 채찍 휘두르는 일을 다른 카포들에게 넘겨주었다. CKZ 114의 가냘픈 몸에 대고 스트레스를 풀고

싫어하는 카포는 부족하지 않았다.

처음에는 즈데나의 심적 상태에 진전이 있었다. 그녀는 자신을 사로잡는 것을 파괴하고자 하는 욕구에 더 이상 시달리지 않았다. 그녀는 하는 일 없이 시간만 보내는 것처럼 보이지 않기 위해 가끔 다른 포로들을 때렸다. 하지만 그것은 조금도 중요하지 않았다.

시간이 갈수록 그녀의 의식은 조금씩 혼란스러워졌다. 어떻게 그렇게 쉽게 손을 놔버릴 수 있었을까? CKZ 114는 이전과 다름없이 폭력에 시달리고 있었다. 상황에서 손을 떼는 것이 자신이 결백하다는 것을 의미하지는 않았다.

즈데나의 의식 속 어두운 한 부분이 그래도 자신이 CKZ 114를 집요하게 괴롭힐 때는 그 속에 뭔가 신성한 것이 있었다고 속삭였다. 그런데 지금 CKZ 114는 공동의 운명, 맹목적인 폭력, 비속한 형벌의 희생자가 되어 있었다.

그녀는 파노니크를 다시 맡기로 마음먹었다. 즈데나 카포는 또다시 그 젊은 미녀를 괴롭히기 시작했다. 일주일 동안 자신을 멀리했던 즈데나가 다시 자신을 학대하기 시작하자, 파노니크는 그 이상한 행동의 의미를 묻는 듯한, 난감함이 배어 있는 눈길로 그녀를 바라보았다.

즈데나는 다시 묻기 시작했다.

"네 이름이 뭐야?"

파노니크는 여전히 비웃는 표정을 지으며 대답하지 않았다. 그 표정을 '네가 이렇게 돌아와 줘서 내가 고마워할 거라고 생각해?'라는 의미로 해석한 카포의 생각은 틀리지 않았다.

'그녀가 옳아. 그녀를 만족시킬 수 있는 뭔가를 줘야 해.' 즈데나는 이렇게 생각했다.

EPJ 327은 CKZ 114에게 자신이 겪은 심문에 대해 이야기해주었다.

"그것 보세요, 당신은 내 이름을 알아서는 안 돼요."

"그녀는 이제 내 이름을 알고 있소. 하지만 내 이름 따위에는 관심조차 없는 게 확실해요. 즈데나 카포는 오로지 당신에게만 사로잡혀 있어요."

"조금도 달갑지 않은 특권이네요."

"나는 당신이 거기서 뭔가를 얻어낼 수 있으리라고 확신해요."

"차라리 그 말의 의미를 이해하지 못했으면 좋겠군요."

"모욕을 주려고 한 말은 아니었소. 내가 당신을 얼마나 존중하는지 당신은 상상도 못할 겁니다. 그리고 난 나한테 그런 존중심을 불어넣어준 당신에게 감사하고 있어요. 우리가 이 지옥에 떨어진 이후로 난 누군가를 존중하고픈 욕구를 그 어느 때보다 강하게 느끼고 있소."

"제 경우에는 고개를 꼿꼿이 세우고 싶은 욕구가 그래요. 그게 절 버티게 해주죠."

"고맙소, 버텨줘서. 당신의 자존심은 내 자존심이기도 해요. 아마 그것은 여기 끌려온 모든 이들의 자존심이기도 할 거요."

그의 생각은 틀리지 않았다. 다른 포로들 역시 아름다움에 사로잡힌 눈으로 그녀를 우러러봤으니까.

"코르네유적인 영광(갖은 시련과 역경에도 결코 굴하지 않는, 드높은 자존심과 굳센 의지를 가진 코르네유적 인간의 영광을 뜻한다—옮긴이)에 대한 가장 뛰어난 글이 1940년 한 프랑스 유대인에 의해 씌어졌다는 거 아시오?" EPJ 327이 다시 말했다.

"교수님이셨어요?" 파노니크가 물었다.

"전 지금도 여전히 교수입니다. 전 그걸 과거형으로 말하고 싶지 않아요."

"어이, 즈데나 카포, CKZ 패는 일 다시 시작하기로 한 거야?" 얀 카포가 히죽거리며 물었다.

"그래." 그들이 자신을 놀리고 있다는 사실을 알아차리지 못한 채 즈데나가 말했다.

"그녀가 마음에 드는 거지, 안 그래?" 마르코 카포가 물었다.

"맞아." 그녀가 대답했다.

"그녀를 때리면 짜릿한 느낌이 들지? 안 때리곤 못 배길 정도로."

즈데나는 순간적으로 생각했다. 그리고 본능적으로 거짓말을 했다.

"그래, 난 그게 좋아."

다른 카포들이 킬킬대며 웃었다.

즈데나는 2주 전이었다면 그것이 거짓말이 아니었을 거라고 생각했다.

"내가 부탁 하나 해도 될까?" 그녀가 물었다.

"말해봐."

"그녀를 나한테 맡겨줘."

카포들이 웃음을 터뜨렸다.

"좋아, 그녀를 너한테 맡기지." 얀 카포가 말했다. "근데 한 가지 조건이 있어."

"뭔데?"

"나중에 우리한테도 이야기해줘."

이튿날, 터널 작업을 하던 CKZ 114는 즈데나 카포가 손에 채찍을 들고 다가오는 것을 보았다.

카메라가 시청자들에게 가장 인기가 좋은 그 두 아가씨를 비췄다.

파노니크는 더 열심히 일을 했다. 그래봤자 폭행을 피할 수 없으리라는 걸 알고 있긴 했지만.

"그걸 일이라고 하는 거야, CKZ 114!" 카포가 외쳤다.

채찍질이 비처럼 포로에게 쏟아졌다.

하지만 파노니크는 곧 채찍질이 전혀 아프지 않다는 걸 깨달았다. 그건 채찍이 아니라 아무리 때려도 아프지 않은 모조품이었다. CKZ 114는 반사적으로 고통을 참는 시늉을 했다.

잠시 후, 파노니크는 카포의 얼굴을 흘낏 쳐다보았다. 그녀는 거기서 의미심장한 신호를 읽었고, 곧 알아차렸다. 그 일을 꾸민 것은 즈데나이고, 그 비밀을 아는 건 그들 둘뿐이라는 것을.

다음 순간, 즈데나는 다시 증오를 뿜어대는 평범한 카포로 변해 있었다.

거짓 채찍질로 일주일을 보낸 후, 즈데나 카포가 CKZ 114
에게 다시 질문을 던졌다.

"네 이름이 뭐야?"

파노니크는 적의 의중을 재듯 물끄러미 쳐다보았을 뿐 아
무 대답도 하지 않았다. 그녀는 지게에 돌을 채워 옮겼고,
다시 지게를 채우기 위해 돌아왔다.

즈데나는 그녀를 기다리고 있었다. 특별대우를 해줬으면
무슨 보상이 있어야 할 것 아니냐는 표정으로.

"이름이 뭐냐니까?"

파노니크가 잠시 생각하다 그녀에게 말했다.

"나의 이름은 CKZ 114예요."

그녀가 카포 앞에서 입을 연 건 그때가 처음이었다.

그녀는 즈데나에게 이름을 밝히는 대신 목소리라는 뜻밖
의 선물을 했다. 간결하고 엄하고 맑은 목소리. 드문 음색을
가진 목소리.

즈데나는 그 순간 워낙 당황해서 그것이 우회적인 대답이
라는 사실을 알아차리지 못했다.

즈데나가 그 놀라운 현상에 주목한 유일한 인물은 아니었다. 이튿날, 많은 기자들이 자기 기사에 **"드디어 그녀가 입을 열었다!"**는 제목을 붙였다.

포로가 말을 하는 경우는 극히 드물었다. 더군다나 CKZ 114의 목소리는 여태껏 어떠한 매체에도 포착된 적이 없었다. 기껏해야 구타를 당할 때 희미하게 토해내는 신음소리가 고작이었다. 그런데 그녀가 말을 했던 것이다. "나의 이름은 CKZ 114예요."라고.

한 기자는 이렇게 썼다. "그녀가 내뱉은 말 중에서 가장 독특한 것은 바로 그 '나'다. 이처럼, 우리가 깜짝 놀란 눈으로 지켜보는 가운데, 더없이 파렴치하고, 비인간적이고, 굴욕적이고, 절대적인 폭력을 겪고 있는 그 아름다운 아가씨는, 우리 눈으로 죽어가는 것을 보게 될, 그리고 이미 죽은 것이나 다름없는 그 아가씨는 아직도 당당하게 의기양양한 '나'로, 절대적인 자기긍정으로 문장을 시작할 수 있는 것이다."

또 다른 일간지는 정반대의 분석을 내놓았다.

"그 아가씨는 자신의 패배를 시청자들 앞에서 선포하고 있다. 그녀가 마침내 입을 열었다. 하지만 그건 자신이 굴복하고 말았다는 것을, 이제 자신이 가진 유일한 정체성이 그야만적인 방송이 붙여준 등록번호라는 것을 인정하기 위한 것이었다."

어떠한 매체도 그 사건의 진정한 의미를 파악하지 못했다. 그 사건은 그 두 여자 사이에서만 일어났고, 그들에게만 의미가 있었다. 그 말이 지닌 어마어마한 의미는 바로 이것이었다. '좋아요, 당신과 대화하겠어요.'

다른 포로들 역시 이해하지 못하기는 마찬가지였다. 그들은 모두 CKZ 114를 우러러보고 있었다. 그녀는 고결함으로 다른 이들에게 고개를 꼿꼿이 세울 용기를 주는 영웅이었다.

등록번호가 MDA 802인 한 젊은 여자가 파노니크에게 말했다.

"굉장하던걸, 카포한테 당당하게 맞서는 모습이."

"괜찮으시면, 존대를 사용했으면 좋겠어요."

"난 우리가 친구라고 생각했는데……."

"그러니까요. 반말은 우릴 괴롭히려는 사람들이나 쓰게 내버려두죠."

"당신한테 존대를 하는 건 쉽지 않을 것 같아요. 같은 또래라서."

"카포들도 우리 또래예요. 어린 시절이 지나면 나이가 같다고 해서 같은 생각을 하는 건 아니라는 증거죠."

"존대를 한다고 뭐가 달라질 거라고 생각하세요?"

"우릴 카포들과 구별시켜주는 게 반드시 있어야만 해요. 그들과는 달리 우리가 개화된 사람들이란 걸 일깨워주는 뭔가가."

이 태도는 급속도로 번져갔다. 곧 동료에게 반말을 하는 포로가 단 한 명도 없을 정도로.

일반화된 존대는 놀랄 만한 결과를 가져왔다. 그로 인해 서로를 덜 아끼거나 덜 친밀해지기는커녕, 사람들은 서로를 한없이 더 존중했다. 그것은 형식적인 공손함이 아니었다. 사람들은 실제로 서로를 더 존중했다.

저녁식사는 비참함 그 자체였다. 눅눅한 빵 약간, 건더기라고는 눈 씻고 찾아봐도 없을 정도로 멀건 죽. 사람들은 너무나 배가 고팠기 때문에 그 보잘것없는 끼니라도 이제나저제나 애타게 기다렸다.

사람들은 식판에 달려들어 아무 말 없이, 무기력한 표정으로, 몇 입이나 남았는지 계산해가며 아껴 먹었다.

식사가 끝날 무렵, 허기가 조금도 가시지 않은 배를 움켜쥐고 다음날 저녁까지 기다려야 한다는 절망감에 누군가가 울음을 터뜨리는 일도 드물지 않았다. 겨우 그 형편없는 식사 한 끼 하자고 하루를 견딘 것 그리고 그것을 먹기 위해 또 하루를 견뎌야 한다는 것, 그것은 충분히 울만한 이유가 되었다.

파노니크는 그 고통을 더는 견딜 수가 없었다. 어느 날 식사시간, 그녀가 말을 하기 시작했다. 한 상 푸짐하게 차려진 식탁에 둘러앉아 회식을 하는 사람처럼 그녀는 같은 조 사람들에게 말을 걸었다. 그녀가 감명 깊게 보았던 영화와 좋아하는 배우들 얘기를 했다. 옆에 앉아 있던 사람이 맞장구를 치자, 그 다음 사람이 화를 내며 반박하고는 자신의 관점을 설명했다. 언성이 점점 높아졌다. 각자가 자기 입장을 밝히며 대화에 끼어들었다. 결국 떠들썩한 논쟁이 벌어졌다. 그 광경을 바라보던 파노니크가 웃음을 터뜨렸다.

그 왁자지껄한 와중에 그녀에게 주의를 기울인 사람은 EPJ 327뿐이었다.

"당신이 웃는 모습, 처음 봐요."

"행복해서 그래요. 그들이 말을 하고 있어요. 마치 아주 중요한 일인 양 그들이 논쟁을 벌이고 있어요. 정말 경이로

워요!'

"경이로운 건 바로 당신이에요. 그들은 당신 덕분에 쓰레기를 먹고 있다는 사실을 잊고 있어요."

"당신은 아닌가요?"

"내가 당신의 힘을 알아차린 건 어제오늘 일이 아니에요. 당신이 없었다면 난 이미 죽었을 겁니다."

"사람은 그렇게 쉽게 죽지 않아요."

"하지만 여기선 아주 간단한 일이죠. 작업 부적격자로 보이기만 하면 다음날 즉시 처형이니까."

"아무리 그래도 사람은 스스로 죽자고 마음먹을 수는 없어요."

"있어요. 그게 바로 자살이라 불리는 거죠."

"실제로 자살을 할 수 있는 사람은 극히 드물어요. 저도 대부분의 사람들과 똑같아요. 생존본능에 따르죠. 당신 역시 그럴 거예요."

"솔직히 말해, 당신이 없었다면 내가 생존본능에 따랐을지 확신할 수가 없군요. 난 이곳에 오기 전에도 당신 같은 사람을 만나본 적이 없어요. 자신의 생각을 바칠 수 있는 존재 말이에요. 당신 생각을 하는 것만으로도 난 역겨움에서 해방될 수 있어요."

이제 파노니크 조 포로들의 식사시간은 이전처럼 음울하지 않았다. 이웃 조들도 비결을 깨닫고 그들을 흉내내기 시작했다. 이제 말없이 먹는 사람은 아무도 없었다. 공동식당은 시끌벅적한 장소로 변해 있었다.

사람들은 여전히 배가 고팠다. 하지만 이제 식사를 끝내며 울음을 터뜨리는 사람은 아무도 없었다.

그래도 사람들이 나날이 수척해가는 건 마찬가지였다. CKZ 114는 수용소에 도착했을 때 이미 마른 편이었지만, 그나마 포동포동하게 남아 있던 볼의 살마저 빠져버렸다. 그로 인해 눈의 아름다움은 더욱 두드러졌지만, 몸의 아름다움은 하루가 다르게 망가져 갔다.

즈데나 카포는 그것이 걱정스러웠다. 그녀는 자신을 사로잡은 여자에게 먹을 것을 슬쩍 건네주려고 애썼다. CKZ 114는 그것을 받아들였다가는 어떤 위험에 처할지 몰라 번번이 거절했다.

우선, 즈데나의 행동이 카메라에 잡힐 경우, CKZ 114는 어떤 것일지 상상조차 하기 싫은 형벌을 받게 될 위험이 있었다.

카메라에 잡히지 않을 경우에도 즈데나가 그녀에게 역시 어떤 것일지 상상조차 하기 싫은 대가를 요구할 수 있었다.

그녀는 배가 고파 죽을 지경이었다. 생각만으로도 입안에 침이 고이게 만드는 초콜릿을 뿌리치는 것은 끔찍한 일이었다. 그렇지만 다른 해결책을 찾을 수 없었던 그녀로선 결연히 유혹에 맞서는 수밖에 없었다.

그런데 MDA 802가 그들 사이에서 일어나고 있는 일을 눈치채고 몹시 분개했다.

휴식시간, 그녀가 다가와 낮은 목소리로 파노니크에게 따졌다.

"어떻게 감히 먹을 것을 거절할 수 있죠?"

"내 일이니 상관 말아요, MDA 802."

"아니, 그건 우리 일이기도 해요. 그 초콜릿, 당신이 그걸 우리에게 나눠줄 수도 있을 테니까."

"당신이 직접 가서 달라고 해봐요."

"그녀가 오로지 당신에게만 관심이 있다는 거, 당신도 잘 알잖아요."

"그것 때문에 내가 곤란해하고 있는 거, 모르겠어요?"

"아뇨, 우린 모두 누가 초콜릿을 주면 얼씨구나 하고 받을 거예요."

"치러야 할 대가가 있는데도요, MDA 802?"

"그거야 당신이 하기 나름이죠, CKZ 114."

그리고 그녀는 불같이 화를 내며 가버렸다.

파노니크는 곰곰이 생각해보았다. MDA 802의 말이 옳았다. 초콜릿을 거부한 것은 그녀 자신만을 염두에 둔 이기적인 행동이었다. '그거야 당신이 하기 나름이죠.' 그래, 요구를 들어주지 않고도 어떻게 해볼 수 있는 방법이 있을 거야.

즈데나는 EPJ 327의 용어로 사고思考할 수 있는 지식인이 아니었다. 하지만 그녀가 자기 머리 속에서 관찰한 현상들은 그의 사고에 비견될 만한 것이었다. 그가 파노니크에게 말했던 혐오감, 즈데나도 그것을 알고 있었다. 그것이 어떤 것인지 거침없이 말할 수 있을 정도로 절실하게 느껴봤으니까.

어린 시절부터 즈데나는 사람들이 그녀를 무시하거나, 그녀 앞에서 그들이 이해하지 못하는 것을 무시할 때, 아름다운 뭔가를 공연히 망가뜨릴 때, 비웃음을 촉발시켜 진흙탕을 뒹구는 쾌감을 맛보기 위해 누군가를 헐뜯을 때, 그녀의 두뇌가 역겨움이라고 명명했던 집요한 불쾌감을 느꼈다.

즈데나는 그것을 공동의 운명이라 여기며, 늘 당하고 있지만은 않겠다는 헛된 각오로 그것을 조장하기까지 하며,

그 더러운 것과 더불어 사는 데 익숙해졌다. 그녀는 가만히 앉아 당하느니 차라리 그것을 촉발시키는 편이 낫다고 생각했다.

드물지만 아주 가끔, 역겨움이 씻은 듯 사라지기도 했다. 아름답다고 여겨지는 음악을 듣거나, 숨막히는 장소를 벗어나 얼굴 가득 차가운 공기를 맞을 때, 과식으로 인한 거북함이 쓰디쓴 와인 한 모금으로 잊혀질 때, 갑자기 역겨움이 정반대의 것으로 변했다. 그것을 뭐라고 불러야 할까? 그것은 식욕도 욕망도 아니었다. 그것은 훨씬 더 강한 것, 눈을 통해 흘러나올 나올 정도로 넉넉하게 그녀의 온몸으로 번져가는 어떤 것에 대한 믿음이었다.

파노니크는 그녀에게 그런 현상을 일으켰다. 이름 없는 개인에 대해 느끼는 이름 없는 느낌. 이 일에는 이름이 없는 것이 너무 많았다. 즈데나는 어떠한 대가를 치르더라도 CKZ 114의 이름을 알아내고 말리라고 다짐했다.

몸이 야위는 것은 미적인 문제가 아니라 생사가 걸린 문제였다. 아침 첫 점호 때, 포로들은 줄지어 서서 검사를 받았다. 너무 말라 살아남을 수 없을 것 같은 사람들은 뽑혀 나와 한쪽에 따로 세워졌다.

어떤 포로들은 조금이라도 덜 말라보이기 위해 옷 속에 걸레를 집어넣기도 했다. 살이 빠지는 포로들은 끊임없이 공포에 떨어야 했다.

한 조는 열 명으로 구성되어 있었다. 파노니크는 EPJ 327과 MDA 802를 포함한 동료 아홉 명의 목숨을 구해야 한다는 생각에 사로잡혀 있었다. 게다가 은근히 가해지는, 카포에게서 초콜릿을 받으라는 무의식적인 압력이 그녀의 의식을 짓눌렀다. 도저히 견딜 수 없을 정도로.

하지만 상황의 끔찍함이 그녀의 자존심을 더욱 고양시켰

다. '내 이름은 초콜릿보다 훨씬 더 큰 가치를 지니고 있어.' 그녀는 이렇게 생각했다.

그 사이, 그녀 역시 하루가 다르게 말라갔다. 시청자들에게 인기가 있다는 사실도 그녀를 죽음으로부터 지켜주지는 못했다. 이미 조직위원들은 그녀가 죽음을 맞이하는 멋진 장면이 다섯 대의 카메라를 통해 방송된다면 기록적인 시청률을 보일 거라는 생각에 입맛을 다시고 있었다.

즈데나는 겁에 질려 허둥댔다. CKZ 114가 초콜릿을 고집스럽게 거절하자, 즈데나는 거절하지 못하게 권위가 담긴 동작으로 초콜릿을 그녀의 윗도리 주머니에 찔러주었다. 그러자 곧 CKZ 114가 하나 더 요구하는 게 분명한 묘한 동작을 했다. 즈데나는 그녀의 배짱에 깜짝 놀라 얼떨결에 하나를 더 찔러주고 말았다.

CKZ 114는 희미한 눈짓으로 그녀에게 감사의 뜻을 전했다. 즈데나는 그 갑작스런 변화에 크게 당황했다. '여태까지 거절한 게 자길 보통사람 취급하지 말라는 뜻이었군.' 그녀는 생각했다. 그리곤 그녀의 태도에도 일리가 있다고 고개를 끄덕였다.

저녁 식사시간, 파노니크가 식탁 아래로, 무릎에서 무릎으로 초콜릿 조각을 전달했고, 그것을 받아든 동료들은 보기에 안쓰러울 정도로 감격한 표정을 지었다. 포로들은 황홀경에 빠져 그 전리품을 맛보았다.

"즈데나 카포가 준 건가요?" MDA 802가 물었다.

"그래요."

EPJ 327은 CKZ 114가 대가를 치러야 했을 거라는 생각에 인상부터 찡그렸다.

"대신 뭘 해줬어요?" MDA 802가 물었다.

"아무것도. 그 초콜릿, 공짜로 얻은 거예요."

EPJ 327이 안도의 한숨을 내쉬었다.

"그녀는 당신이 살아남길 바라는 거예요." MDA 802가 토를 달았다.

"봐요, 쓸데없이 내 이름을 밝히지 않길 잘 했잖아요." CKZ 114가 말했다.

모두가 웃음을 터뜨렸다.

그것은 점점 습관처럼 변해갔다. 즈데나 카포는 매일 재빠른 눈길 외에는 아무런 감사의 표시도 하지 않는 CKZ 114

의 주머니에 초콜릿 두 판을 슬쩍 넣어주었다.

첫 순간의 감동이 지나가자, 즈데나는 CKZ 114가 자신을 조롱하고 있다고 생각하기 시작했다. 그녀는 자신을 매료시키는 여자에게 선의를 베풀 수 있어서 기분이 좋았다. 그런데 파노니크는 전혀 은혜를 입은 사람처럼 행동하지 않았다. 단 한 번만이라도 고마워 어쩔 줄 모르겠다는 듯 그 큰 눈으로 그녀를 쳐다보기라도 했다면! 파노니크는 마치 초콜릿을 받는 것이 당연하다는 듯 행동했다.

즈데나는 CKZ 114의 행동이 좀 심하다고 생각했다. 시간이 갈수록 그녀의 앙심은 점점 더 깊어갔다. 그녀는 너무나 익숙했던 모욕을 다시 겪는 듯한 느낌을 받았다. 그들은 그녀를 경멸하고 있었다.

그녀는 다른 카포와 시청자들이 자신을 경멸하고 있다는 사실을 잘 알고 있었다. 그건 아무래도 상관없었다. 하지만 CKZ 114가 자신을 경멸한다고 생각하니 미쳐버릴 것만 같았다. 그녀는 채찍을 초콜릿으로 바꾼 것을 후회하고 있었다. 그녀는 할 수만 있다면 이름도 모르는 그 여자를 죽도록 때려주고 싶었다.

그보다 더한 것은 CKZ 114가 속한 조의 포로들 모두가 그녀를 비웃고 있는 것처럼 보인다는 사실이었다. 그녀가 그들의 놀림감이 되어 있는 게 분명했다. 그녀는 초콜릿을 주지 말까도 생각해봤다. 그런데 아뿔싸, CKZ 114는 살이 붙는 기미가 전혀 보이지 않았다.

분명했다. 그녀가 다른 포로들에게 초콜릿을 나눠주는 게. 그녀가 살이 찌지 않는 건 바로 그 때문이었다. 어쩌면 그 더러운 것들이 그녀의 몫까지 빼앗아 먹는 건지도! 그러면서 그들은 그녀를 비웃고 있었다.

즈데나는 CKZ 114의 주변 인물들에 대해 한없이 깊은 증오를 품었다.

즈데나 카포의 복수는 머지않아 현실로 드러났다.

CKZ 114의 조를 검열하던 어느 날 아침, 즈데나는 MDA 802 앞에서 멈춰 섰다.

포로들이 자신의 침묵을 얼마나 두려워하는지 잘 알고 있었던 그녀는 아무 말도 않은 채 한참 동안 그렇게 서 있었다. 그녀가 MDA 802를 노려보았다. 자신의 얼굴과 너무나 다르게 생긴 그 뾰족하고 시건방진 얼굴 때문이었을까? 아니면 그녀가 CKZ 114와 친하게 지낸다고 느꼈기 때문이었을까? 즈데나는 MDA 802를 무척이나 싫어했다.

조 전체가 마수에 걸려든 동료와 운명을 같이하며 숨을 죽이고 있었다.

"넌 너무 말랐어, MDA 802." 마침내 카포가 입을 열었다.

"아닙니다, 즈데나 카포." MDA 802가 겁에 질려 대답했다.

"아니긴 뭐가 아냐, 넌 말랐어. 멀건 죽만 먹고 그 힘든 노동을 하는데 어떻게 안 마를 수가 있겠어?"

"전 마르지 않았습니다, 즈데나 카포."

"마르지 않았다고? 혹시 누가 몰래 너한테 맛있는 걸 주기라도 하는 거야?"

"아닙니다, 즈데나 카포." 백지장처럼 하얗게 질린 얼굴로 MDA 802가 대답했다.

"그럼, 네가 말랐다는 걸 부인하지 마!" 카포가 빽 소리를 질렀다.

그리고 그녀는 포로의 어깨를 잡아 처형을 선고받은 사람들의 열로 내동댕이쳤다. MDA 802의 턱이 경련을 일으키듯 떨리기 시작했다.

믿을 수 없는 일이 벌어진 건 바로 그때였다.

열에서 나온 CKZ 114가 MDA 802를 향해 뚜벅뚜벅 걸어가 손을 잡고는 산 자들 틈으로 데리고 왔다.

미친 듯이 화가 난 즈데나가 MDA 802를 원위치시키기 위해 달려들자, CKZ 114가 막아서서는 그녀의 눈을 똑바로 쳐다보며 높고 큰 목소리로 외쳤다.

"내 이름은 파노니크예요!"

제2부

영원처럼 긴 순간이 지난 다음에야 시간이 다시 돌아가기 시작했다.

즈데나는 이제 다른 포로들과는 달리 이름을 가진 여자 앞에서 굳은 듯 서 있었다. 그녀는 머리를 한 대 된통 얻어맞기라도 한 것처럼 입을 다물지 못한 채 멍한 표정을 짓고 있었다. 홀린 듯, 넋이 빠진 듯, 어이가 없는 듯.

겁에 질린 MDA 802는 소리 죽여 흐느끼고 있었다.

CKZ 114는 카포의 눈에서 시선을 떼지 않았다. 그녀는 이글거리는 눈길로 카포를 쏘아보았다.

EPJ 327 역시 넋이 빠져 그녀를 바라보고 있었다. 그리고 그녀가 이름만큼이나 아름답다고 생각했다.

구십다섯 개의 모니터가 설치된 방에서 조직위원들은 쾌재를 부르고 있었다.

그 어린 계집에게는 스타 기질이 있었다. 그들은 방금 무슨 일이 벌어졌는지 이해했다고 확신할 수 없었다. 하지만 자신들도 확실히 이해하지 못한 것을 시청자들이 이해했을 리는 만무하다고 확신했다. 어쨌거나 그것이 전설적인 장면으로 남으리라는 사실에는 의심의 여지가 없었다.

벌써 각종 매체로부터 그 사건의 의미를 묻는 문의전화가 쇄도했다. 그들은 그것이 게임의 규칙에는 전혀 없는 것이라고 설명했다. CKZ 114가 규칙에 없는 일회적인 행동으로 파문을 일으켰던 것이다. 그것은 해프닝이었다. 따라서 그러한 사고는 두 번 다시 일어나지 않을 터였다.

그 기적의 성격을 제대로 파악하지 못한 만큼 그들의 해명은 더욱 단호했다.

누가 그것을 파악했을까?

물론 이성의 영역을 벗어나 있었던 즈데나는 아니었다. 그녀는 자기가 들은 것에 넋이 빠져 아무 생각도 못하고 CKZ 114의 정체성을 한없이 받아들이고만 있었다. 그녀는 실신해 있었다.

우연히 하나의 방식을 발견했다고 믿었던 CKZ 114 역시 아니었다. '내 이름이 한 생명을 구했어. 하나의 이름에는 목숨 하나의 가치가 있어. 우리 각자가 자기 이름의 가치를 인식하고 그에 따라 처신한다면 많은 생명이 죽음을 면할 수 있을 거야.'

물론 큰 충격을 받긴 했지만 희생과 포기의 장면을 목격했다고 믿은 다른 포로들 역시 아니었다. 그들의 영웅은 친구를 구하기 위해 보석을 포기했다. 그것이 혹시 매춘의 시작은 아닐까? 그 기부가 앞으로 그녀에게 더 심각한 것들을 내놓도록 강요하진 않을까?

EPJ 327은 그 장면을 제대로 해석한 유일한 사람이었다. 그는 그 행동이 되풀이될 수 없으리라는 것을 잘 알고 있었다. 이름이 하나의 방어막이 되는 것, 그리고 그것을 넘어서지 못하는 것이 상대방을 취하게 만드는 것, 그것은 우리가 흔히 사랑이라 부르는 것이다. 그들이 목격한 것은 바로 사랑의 행위였다.

기적에 있어서 끔찍한 점은 그 여파에도 한계가 있다는

사실이었다.

파노니크라는 이름이 가져온 충격은 MDA 802의 생명을 구했고, 즈데나 카포에게 신성한 것의 존재를 드러내주었다. 하지만 그것은 '집단수용소'가 그날 처형한 사람들을 구하지도 못했고, 시청자들에게 신성한 것의 존재를 드러내주지도 못했다.

그것은 또한 시간이 다시 흐르는 것을 막지도 못했다. 지치고 굶주린 포로들은 채찍질을 당해가며 터널로 일을 하러 갔다. 절망이 다시 그들을 덮쳤다.

그들 중 상당수는 스스로 용기를 북돋기 위해 '그녀의 이름은 파노니크야'라고 되뇌는 자신을 발견하고 놀랐다. 그들은 그 정보에서 실질적으로 그들에게 힘을 줄 수 있는 것을 찾아내지는 못했다. 하지만 그들은 거기서 힘을 얻었다.

저녁식사 시간, CKZ 114는 영웅과 같은 환대를 받았다. 그녀가 들어서자 공동식당에 있던 포로 전체가 그녀의 이름을 연호했다.

그녀의 조가 앉은 식탁에는 활기가 넘쳤다.

"죄송해요. 오늘은 즈데나 카포가 초콜릿을 주지 않았어요." 그녀가 자리에 앉으며 사과했다.

"고마워요, 파노니크. 당신이 내 목숨을 구했어요." MDA 802가 엄숙하게 선언했다.

CKZ 114는 터널 작업을 하면서 나름대로 세워본 이론에 대해 말하기 시작했다. 그녀는 모두가 그녀처럼 할 수 있고, 또 해야만 한다고 설명했다. 그렇게만 한다면 그들은 처형을 선고받은 많은 사람들을 산 자들의 대열로 다시 데려올 수 있을 거라고.

사람들은 입을 다문 채 그녀의 말을 경청했다. 정황상, 무슨 말도 되지 않는 소리냐며 타박을 줄 수는 없는 노릇이었으니까.

그녀가 흥분에 들뜬 연설을 끝냈을 때, EPJ 327이 입을 열었다.

"어쨌거나 우린 앞으로 당신을 파노니크라고만 부를 겁니다, 안 그렇습니까?"

모두가 일제히 동의했다.

"아름다운 이름이에요. 여태껏 한 번도 들어본 적이 없는." 평소 말이 없던 한 사내가 말했다.

"저에겐 평생 세상에서 가장 아름다운 이름으로 남을 거예요." MDA 802가 말했다.

"우리 모두에게 영원히 가장 고귀한 이름으로 남을 겁니다." EPJ 327이 말했다.

"몸 둘 바를 모르겠네요." CKZ 114가 쑥스러운 듯 대답했다.

"2차 대전 중에 로맹 가리가 포로로 잡혀 독일군 포로수용소에 끌려간 적이 있었어요." EPJ 327이 말을 이었다. "포로들의 생활환경은 지금 우리의 것과 크게 다르지 않았지요. 따라서 그것이 얼마나 열악했는지, 나아가 얼마나 비인간적이었는지는 굳이 말할 필요도 없을 겁니다. 그리고 이곳과는 다르게, 남녀 막사가 구분되어 있었어요. 남자 수용소에 수감된 가리는 포로들이 자신처럼 불쌍한 야만인으로, 고통에 신음하는 짐승으로 변해가는 것을 목격했죠. 그들이 생각하는 것이 그들이 겪는 것보다 훨씬 더 심각한 비극이었어요. 자신이 처한 상황을 의식하는 것 자체가 무엇보다 더 큰 고문이었죠. 그 비참한 상황에 굴욕감을 느낀 그들은 죽음을 갈망했어요. 그러던 어느 날, 그들 중 하나가 천재적인 생각을 해냈죠. 귀부인의 존재를 발명해낸 겁니다."

EPJ 327이 잠시 말을 멈추고 수프에 떠다니는 바퀴벌레를 건져낸 다음 다시 말을 이었다.

"그가 앞으로는 마치 그들 중에 귀부인이, 격식을 갖춰 말을 건네야 하고 체면을 손상시키지 않도록 조심해야 하는 진짜 귀부인이 있는 것처럼 생활하자고 제안했어요. 그들은 모두 그 제안을 받아들였고, 서서히 그들이 구원받았다는 사실을 깨닫게 됐죠. 허구의 귀부인과 함께 생활한 덕택에 그들은 문명을 재건할 수 있었던 겁니다. 음식이 우리 것만큼이나 형편없었던 식사시간에도 그들은 다시 말을 하고, 나아가 열띤 토론을 나누며 다른 사람들의 말에 귀를 기울이기 시작했죠. 그들은 귀부인에게 아주 정중하게 말을 건넸고, 그녀에게 걸맞은 이야기들만 화제에 올렸어요. 그녀에게 말을 하지 않을 때조차도 마치 그녀가 보고 있는 것처럼 생활하는 데에, 그녀를 실망시키지 않는 태도를 취하는 데에 익숙해졌죠. 귀부인에 대한 수군거림은 곧 카포들 귀에도 들어갔어요. 그들이 막사를 샅샅이 뒤졌지만 아무도 찾아내지 못했죠. 그 정신적 승리 덕분에 포로들은 끝까지 버틸 수 있었어요."

"아름다운 이야기로군요." 그들 중 하나가 말했다.

"우리 이야기는 더 아름다워요." EPJ 327이 대꾸했다. "우린 귀부인을 상상해낼 필요조차 없었어요. 그녀는 실제로 존재하고 우리와 함께 생활하고 있으니까요. 우리는 그녀를 바라보고 말을 걸 수도 있어요. 그녀는 우리에게 대답을 하고, 우릴 구해주죠. 파노니크가 바로 그녀예요."

"상상의 귀부인이 저보단 훨씬 나을 거라고 전 확신해요." CKZ 114가 속삭였다.

EPJ 327은 나치 수용소와 근본적으로 다른 점이 한 가지 더 있다는 사실을 잊고 있었다. 카메라가 바로 그것이었다. 그 망각은 의미심장한 것이었다. 포로들은 자신의 생활이 촬영되고 있다는 사실을 금세 잊어버렸다. 고통에 허덕이다 보니 생각하고자시고 할 겨를이 없었던 것이다.

이 부분적 기억상실이 그들을 구했다. 상상의 귀부인이나 실재하는 처녀의 너그러운 눈길이 삶의 용기를 주는 반면, 기계의 차갑고 탐욕스런 눈은 그들을 노예상태에 빠뜨렸다. 나아가 그것은 허구를 만들어내는 정신의 가능성을 박탈해버렸다.

지속적이거나 일시적인 지옥을 경험하는 모든 존재는 그것을 견뎌내기 위해 큰 만족감을 가져다주는 정신적 기술, 이야기를 지어내는 기술에 기댈 수 있다. 착취당하는 노동자는 자신을 전쟁포로로, 전쟁포로는 자신을 성배를 찾아나선 기사로 상상한다. 고난에도 나름대로의 상징과 영웅

주의가 있는 것이다. 위대함의 숨결로 자신의 가슴을 채울 수 있는 자는 고개를 세우고 당당하게 고난을 버텨낸다.

하지만 카메라가 자신의 고통을 엿보고 있다는 사실을 의식할 경우에는 사정이 달라진다. 시청자들이 그를 비극적 투사가 아니라 희생자로 여기리라는 것을 이미 의식하게 되니까.

검은 상자에 이미 패배한 그는 내적인 역사의 서사적 무기를 내려놓는다. 그리고는 사람들이 보게 될 바로 그것, 외적인 역사에 짓눌리는 불쌍한 희생자, 자신의 가장 저열한 부분이 되고 만다.

신의 존재가 가장 절실하게 필요한 건 바로 그의 부재가 너무나 명백할 때이다. '집단수용소'에 잡혀오기 전, 파노니크는 대부분의 사람들과 마찬가지로 신은 하나의 관념이라고 여겼다. 그것을 검토하는 것은 흥미로운 일이었고, 그것이 주는 현기증을 맛보는 것은 흥분되는 일이었다. 특히 신의 사랑이라는 개념은 신의 존재를 둘러싼 논란을 불식시켜버릴 정도로 매혹적인 것이었다. 호교론(護敎論, 종교의 비합리성, 비과학성을 비판하는 사람들에 대해, 종교는 초이성(超理性)이지 반이성(反理性)이 아니라고 설명하는 학문으로서, 신학의 한 분야—편집자)은 허튼소리만 양산해낼 뿐인 고대인들의 바보짓이었다.

체포된 이후로 파노니크에겐 신의 존재가 처절할 정도로 필요했다. 실컷 욕을 퍼부어주고 싶었다. 그 지옥을 어떤 초

월적 존재의 책임으로 돌릴 수만 있었다면, 온힘을 다해 그를 증오하고 욕함으로써 위안을 얻을 수도 있었을 것이다. 하지만 아뿔싸, 부인할 수 없는 수용소의 현실은 신이 존재하지 않는다는 것을 증명하고 있었다. 하나의 존재는 불가피하게 다른 것의 부재를 이끌어왔다. 곰곰이 생각해볼 필요조차 없었다. 신의 부재는 기정사실이었다.

들끓는 증오를 퍼부을 대상이 없다는 것은 견딜 수 없는 일이었다. 그 상태에서 한 형태의 광기가 탄생했다. 인간을 증오해? 그것은 아무런 의미도 없었다. 인류는 잡다한 종들의 우글거림, 무엇이든 사고 파는 부조리한 시장에 불과했다. 인류를 증오하는 것은 백과사전을 증오하는 것이나 다름없었다. 그러한 증오에는 치료약이 없었다.

아니, 파노니크가 증오하고자 한 것은 근본원리였다. 어느 날, 그녀의 뇌리에 묘한 생각이 떠올랐다. 신의 자리가 비었으니, 그녀 자신이 그 자리에 앉을 수도 있으리라는 생각이.

처음에 그녀는 그 계획의 터무니없음에 실소를 터뜨렸다. 그런데 그 실소가 그녀를 붙들었다. 벌써, 웃음의 동기를 찾아냈다는 단순한 사실이 그녀에게 깊은 인상을 주었다. 물론 그 계획은 터무니없고 기괴한 것이었다. 하지만 그건 아무래도 좋았다. 터무니없기로 따지면 그 수용소보다 더한 것은 아무것도 없을 테니까.

그녀는 신의 역할을 하기에 적합한 인물이 아니었다. 그 역할에 적합한 인물은 아무도 없었다. 하지만 문제는 그것이 아니었다. 자리가 비어 있었다. 문제는 바로 그것이었다. 따라서 어쩌면 그녀가 그 자리를 차지할 수도 있을 것이다. 증오를 퍼부을 근본원리, 그녀가 그것이 될 수도 있을 것이다. 증오를 퍼부을 대상이 없는 것보다는 차라리 그것이 훨씬 덜 고통스러웠다. 하지만 문제는 거기서 그치지 않을 것이다. 그녀는 온전히 신이 되어야 할 것이다. 단지 욕설을 퍼부을 대상만이 아니라.

그녀는 모든 것에 대해 신이 되어야 할 것이다. 이제 문제는 우주를 창조하는 것이 아니었다. 이미 늦었으니까. 악은 이미 저질러졌으니까. 근데, 창조가 이루어진 다음 신의 임무가 뭐였더라? 그것은 아마도 책이 출간된 다음 작가의 임무와 유사할 것이다. 자신의 텍스트를 공개적으로 사랑하고, 칭찬, 야유, 무관심을 받아들이는 것. 비록 그들이 옳다 하더라도 작품을 바꿀 수는 없는데도 꼬치꼬치 작품의 결점을 지적하는 독자들과 맞서는 것. 작품을 끝까지 사랑하는 것. 그 사랑은 그가 그 작품에 구체적으로 봉사할 수 있는 유일한 방법이었다.

입을 다물어야 할 또 하나의 이유. 파노니크는 자신의 책에 대해 끝없이 군소리를 늘어놓는 소설가들을 떠올렸다. 그래서 어쩌겠다고? 그럴 바엔 차라리 책을 쓰는 순간 필요한 모든 사랑을 쏟는 것이 책에는 훨씬 더 큰 도움이 되지 않았을까? 제때 그 사랑을 쏟지 못했다면, 요설이 아니라 단 몇 마디 말에 이어지는 긴 침묵으로 표현되는 진정한 사랑으로, 있는 그대로의 그 텍스트를 사랑하는 것이 더 유익하지 않을까? 창조, 그것은 그리 힘든 일이 아니었다. 그 자체로 너무나 황홀한 경험이니까. 신적인 작업이 복잡해지기 시작하는 건 그 다음이었다.

파노니크가 개입하게 될 곳도 바로 거기였다. 그녀는 그리스도의 역할을 하지는 않을 것이다. 방송이 그들에게 부여하는 바로 그 역할, 속죄양의 역할을 할 수는 없었다. 그녀는 신, 즉 위대함과 사랑의 원리가 되고자 했다.

구체적으로, 그것은 다른 사람들을 진심으로 사랑해야 하리라는 것을 의미했다. 그런데 그것은 간단치가 않았다. 포로들 모두가 사랑을 불러일으키진 않았으니까.

MDA 802를 사랑하는 것, EPJ 327을 사랑하는 것, 그것보다 더 자연스러운 일이 뭐가 있겠는가? 생면부지의 포로들을 사랑하는 것 역시 그리 복잡하지 않았다. 주변 사람들에게 야박하게 구는 사람들을 사랑하는 것 역시 가능했다. 누군가를 이해할 수만 있다면 우리는 그를 사랑할 수 있다.

하지만 아무리 파노니크라도 어떻게 ZHF 911 같은 여자를 사랑할 수 있겠는가?

ZHF 911은 늙은 노파였다. 우선 노인들부터 추려 형장으로 보낸 방송조직위가 그 노파를 아직 제거하지 않은 것은 이해할 수 없는 일이었다. 하지만 그들이 그녀를 살려두는 이유를 짐작하기란 그리 어렵지 않았다. 잠시도 함께 있고 싶지 않은 여자였으니까.

그녀는 악덕의 주름살로 쪼글쪼글한 얼굴을 가진 심술쟁이 노파였다. 그녀의 입은 주름진 형태뿐만 아니라—못생긴 입술에 특징적으로 나타나는 주름—거기서 튀어나오는 낱말들을 통해 악을 표현했다. 그녀는 누구에게서든 쉽게 상처를 입힐 수 있는 허점을 어김없이 찾아냈다. 그녀의 해악은 오로지 말에 의한 것이었다. 그녀는 언어가 가진 사악한 힘의 증거였다.

수용소로 향하는 기차 안에서 이미 ZHF 911은 사람들의 눈총을 받았다. 아이들을 품에 안고 있는 어머니들에게 그녀는 그 아이들을 기다리고 있는 운명을 예고했다. "분명해. 나치들은 우선 아이들부터 처치했어. 그들이 틀렸다곤 할 수 없지. 걸핏 하면 울고, 지저분하게 흘리고, 오줌이나 찔찔 싸대는 것들은 성가시기만 하니까. 게다가 또 얼마나 배은망덕한지! 애들한테 정 떼요. 도착하자마자 처형당할 테니까. 이것 보세요, 부인, 몸매 망쳐놓는 것 말고 그 애새끼들이 부인한테 도대체 뭘 해줬습니까?'

엄마들은 하도 기가 막혀 그 괴물에게 대꾸할 말을 찾지 못했다. 그러자 남자들이 끼어들었다.

"그럼, 어디 말해봐, 빌어먹을 할멈, 다카우 수용소(뮌헨 인근에 있었던 나치 수용소—옮긴이)에서 어떤 운명이 늙은이들을 기다리고 있었는지?'

"어디 두고 보자고." 노파가 이를 갈며 대답했다.

아직 ZHF 911이라 불리지 않았던 노파의 생각은 틀리지 않았다. 기차에 설치된 카메라들이 그 인물의 본성을 포착한 게 틀림없었다. 왜냐하면 수용소에 도착하자마자 다른 늙은이들과는 달리 그녀는 목숨을 건졌으니까. 조직위원들은 노파가 포로들의 사기를 떨어뜨려놓을 거라고, 그것이 아주 재미있을 거라고 생각한 게 틀림없었다. 노파가 그들의 반응을 미리 예견하고 그렇게 행동했던 것일까? 그건 확실치 않았다. 노파가 그런 것 따위에는 전혀 개의치 않는다는 사실이 금방 드러났다.

ZHF 911을 연구하는 것, 그것은 악을 연구하는 것이었다. 그녀의 주요 특징은 절대적인 무관심이었다. 그녀는 카포들 편도, 포로들 편도, 자기 자신의 편도 아니었다. 그녀에겐 그녀 자신마저도 애착의 대상이 아니었다. 그녀는 누군가를 혹은 뭔가를 감싸주는 것을 더없이 기괴한 일로 여겼다. 그녀는 앞뒤 가리지 않고 아무한테나 끔찍한 말을 해댔다. 고통을 주는 단순한 쾌감을 맛보기 위해.

ZHF 911에 대한 과학적 관찰을 통해 악의 다른 특징들도 알 수 있었다. 그녀는 무기력했다. 그녀에겐 말을 하기 위한 에너지밖에 없었다. 하지만 그 에너지만은 타의 추종을 불허했다. 그녀가 지적인 인상을 주는 것은 눈물과 절망을 심는 그 독설에 담긴 악의 때문이었다.

그곳에서 가장 몹쓸 존재가 속한 곳이 악의 진영이 아니라 포로들의 진영이라는 사실을 깨닫는 것은 끔찍한 일이었다. 하지만 그것은 논리적이었다. 악마란 본래 분열시키는 존재니까. ZHF 911은 그녀가 없었다면 아마 선의 진영일 수도 있었겠지만, 그녀가 있음으로써 내적인 알력에 시달리는 형편없는 인간 집단에 불과한 수용소를 그 상태로 고착화시키는 존재였다.

매일 아침 그 비열한 노파의 죽음을 열렬히 바라면서 포로들이 어떻게 자신이 선의 편에 서 있다고 믿을 수 있었겠는가? 카포들이 그날 처형시킬 포로들을 열에서 끄집어내러 올 때, 끌려 나가면 어떡하나 하는 두려움에 제발 ZHF 911이 끌려 나갔으면 하는 바람이 뒤섞였다. 하지만 그녀는 결코 끌려 나가지 않았다. 무사히 아침 점호를 끝낸 그녀는 의기양양한 눈길로 포로들을 둘러보았다. 노파는 사람들이 그녀가 제거되길 얼마나 열렬히 바라는지 잘 알고 있었다.

몇몇 선량한 사람들은 그녀에게 쏟아지는 증오에 분노했다. "이것들 보세요, 연로해 노망이 든 부인을 어떻게 그토록 미워할 수가 있습니까? 그녀의 잘못이 아니잖아요." 이 말로 야기된 말다툼은 ZHF 911의 귀에까지 흘러들어갔다. '내가 없었더라면 아마 사이좋게 지냈을지도 몰라.' 그녀는 이렇게 생각하며 즐거워했다.

독사의 혀는 카포들에 대해서도(늘 상처를 입히는 말로, 예를 들어, 그녀는 렌카 카포를 창녀가 아니라—그랬다면 그녀가 미소로 답했을 수도 있었을 것이다—그 짓도 제대로 못하는 년으로 취급해 속을 뒤집어놓았다), 방송 조직자들에 대해서도— '하류 나치들' , '히틀러 흉내나 내는 놈들' — 그리고 그녀가 '뚱뚱한 암소들' 로 정의한 시청자들에 대해서도 독을 쏟아냈다. 아무도 그녀를 참아내지 못했다.

하지만 최악의 상황은 그녀를 탓할 수 없는 것이었다. 그녀는 전혀 의식하지 못했으니까. ZHF 911이 한밤중에 헛소리를 해댔던 것이다. 거의 매일 밤, 자정 무렵, 사람들은 막사에서 솟아오르는 날카로운 올빼미 울음소리를 들었다. 그것은 5분간 지속되다가 멈췄다. 사람들이 그 소리의 출처를 이해하는 데에는 꽤 시간이 걸렸다. 그 노파와 같은 막사에서 자는 사람들이 결국 불만을 토로하기 시작했다. "인간적인 면모라곤 조금도 없는 저 미친 노파로부터 우릴 해방시켜주시오."

책임자들은 이게 웬 떡이냐는 표정으로 손바닥을 비벼댔다. 그들은 노파가 야밤에 괴성을 지르는 현장을 카메라에 담기로 마음먹었다. 그들은 우선 모두 잠든 고요한 수용소를 보았다. 그런데 갑자기 어디선가 끔찍한 울부짖음이 들려왔다. 카메라가 막사 안을 이리저리 비추며 소리의 출처를 찾는 듯 보였다. 그들은 볏짚 매트 위에 앉아 신음하고 있는 ZHF 911을 알아보았다. 몇 분 후, 그들은 의식을 잃고 매트 위에 다시 쓰러지는 그녀를 보았다.

그들은 ZHF 911을 심문했다. 그녀는 영문을 모르겠다는 표정을 지으며 그 사실을 부인했다.

그 순수한 광기의 발현만큼 포로들의 사기를 떨어뜨려놓는 것은 아무것도 없었다. 그녀의 헛소리가 울려 퍼질 때마다 포로들은 이를 갈며 생각했다. '제발 좀 저 미친 할멈을 처형해버렸으면! 내일 아침에는 제발 저 여자가 열에서 끌려 나갔으면!'

파노니크 역시 그 할멈에 대한 증오로 몸서리를 쳤고, 그녀가 죽기를 소원했다. 아무리 마음을 다스리려고 애써 봐도, ZHF 911이 '집단수용소'를 만든 건 아니지 않느냐고 스스로를 설득해 봐도 소용이 없었다. 그 할멈을 보는 순간 그녀는 자신의 손톱이 짐승의 날카로운 발톱으로 변하는 것을 느꼈고, 그녀의 헛소리를 듣는 순간 자기 손으로 그녀를 목 졸라 죽이고 싶은 욕망에 시달렸다.

'ZHF 911만 없다면 신이 되는 일이 얼마나 쉬울까!' 그녀는 그 생각의 부조리함에 실소를 터뜨렸다. 실제로 악이 존재하지 않는다면 신이 되는 일은 쉬울 것이다. 하지만 그 경우에는 신 역시 전혀 필요치 않을 것이다.

반대편 극에, 이상하게도 계속 목숨을 부지하고 있는 어린 계집아이가 하나 있었다. PFX 150은 열두 살로 전혀 특이한 점이 없었다. 나이에 비해 성숙해보이지도 않았고, 예쁘기보다는 그저 약간 귀여운 편이었다. 얼이 빠진 표정이 그녀의 순진함을 드러내주었다. 그녀는 말수가 적은 착한 아이였다. 사람들이 왜 자신을 죽이지 않는지 이해하지 못했고, 삶과 죽음 중 어느 게 더 나은지도 알지 못했다.

"저 계집아이는 안 죽이고 대체 뭣들 하는 거지?" 아이와 마주칠 때마다 ZHF 911은 큰소리로 이렇게 투덜거렸다.

제대로 된 가정교육을 받고 자란 것으로 보이는 PFX 150은 아무 대꾸도 하지 않았다. 그 모습을 볼 때마다 파노니크는 속이 부글부글 끓었다.

"왜 듣고만 있어요?" 그녀가 아이에게 물었다.

"저한테 대놓고 말하진 않으니까요."

파노니크는 ZHF 911이 또다시 악담을 늘어놓으면 큰소리로 쏘아붙여주라며 그녀에게 할 말을 가르쳐주었다.

그 일은 머지않아 일어났다. PFX 150은 그 가냘픈 목소리를 돋워 이렇게 쏘아붙였다.

"헛소리나 해대는 저 할멈은 없애버리지 않고 대체 뭣들 하는 거지?"

ZHF 911이 웃으며 대답했다.

"이유가 있지. 나는 그들이 나를 왜 살려두는지 알아. 안 그래도 끔찍한 너희들의 삶을 내가 더 악화시키고 있기 때문이야. 그런데 아무 쓸모도 없고, 아무한테도 방해가 안 되는 너는, 그들이 무슨 가증스러운 이유 때문에 데리고 있는 거지?"

말문이 막힌 아이는 할 말을 찾지 못했다. 파노니크가 악담에 대꾸한 것을 축하하기 위해 다가가자, PFX 150이 그녀를 원망했다.

"절 좀 가만히 내버려둬요! 그냥 입을 다물고 있는 게 나았어요! 당신 때문에 그녀에게 더 심한 악담을 늘어놓을 기회만 주고 말았잖아요! 이젠 무서워 죽겠어요. 괜히 이래라저래라 참견하지 말고 당신 일이나 잘 해요!"

파노니크는 아이를 위로하기 위해 안아주려고 했다. 아이가 거칠게 뿌리치며 외쳤다.

"당신은 마치 모든 것에 해결책을 가지고 있는 것처럼 굴지만 그건 사실이 아니에요. 당신은 상황을 악화시키기만 해요."

파노니크는 그 말에 큰 충격을 받았다. '나한테 없는 힘을 스스로 부여했다가 꼴좋게 됐군.' 그녀는 생각했다.

그래도 그녀는 자신의 내적 신성을 포기하지 않고 그것을 더 나은 방식으로 사용하기로 결심했다.

거의 모든 밤과 마찬가지로, 파노니크는 ZHF 911의 헛소리 때문에 잠에서 깨어났다.

'나는 왜 우리에게 퍼붓는 악담보다 저 헛소리 때문에 그녀를 더 미워하는 걸까? 나는 왜 공정해지지 못하는 걸까?'

사실, 포로들 전체가 그녀와 같은 느낌에 시달리고 있었다. 노파의 광기가 심술보다 그들을 더 불편하게 만들었다. 사실, 노파가 부리는 심술에는 실소를 터뜨리게 만드는 코믹한 면이 없지 않았지만, 야밤의 괴성은 그들이 처한 현실의 참담함을 두드러지게 할 뿐이었다.

파노니크는 그 올빼미 울음소리를 분석해보려고 시도했다. 그런데 갑자기 그 낱말이 잘못 선택되었다는 생각이 들었다. 올빼미 울음소리에도 매력이 없진 않았다. 오히려 노파는 몰로스(개의 일종—옮긴이)가 길게 울부짖는 듯한 소리를 냈다. 그것은 점점 올라가 절정에 도달했다가는 내려와서 멈추었고, 곧 다시 시작되었다.

약 5분 후, 걸걸한 목소리의 경련이('아아아!') 그것이 끝났다는 것을 예고했다.

파노니크는 미소를 머금으며 생각했다. '연주자께서 연주를 끝내고 관객들에게 인사를 하시는군.'

바로 그때, 그녀는 또 무슨 소리를 들은 것 같았다. '오 제발, 다시 시작하면 안 돼!' 그녀가 이마를 찌푸리며 다시 귀를 기울였다. 그런데 그것은 전혀 다른 것이었다. 그것은 노파의 목소리가 아니라 애원하는 인간 참새의 지저귐 같은 것이었다.

그 소리는 금방 멈추었다. 하지만 그 작은 외침이 파노니크의 귓가를 떠나지 않았다. 그것은 그녀의 가슴을 찢어놓았다.

이튿날, 그녀는 몰래 수소문을 해보았다. 하지만 노파의 괴성 외에 무슨 소리를 들은 사람은 아무도 없었다. 파노니크는 그래도 마음이 놓이질 않았다.

돌덩이를 치우는 중노동을 하는 동안, 그녀는 시청자들을 떠올리며 발작적으로 치미는 증오에 몸서리를 쳤다. 그것은 흉곽에서 출발해 이빨까지 올라와, 그것을 날카로운 송곳니로 벼려놓는 느린 내향성 폭발이었다. '그들은 분명 TV 앞에 자리를 잡고 앉아 분개하는 시늉을 하며 우리의 지옥을 구경하고 있을 거야! 우리를 구하겠다고 발 벗고 나서는 사람은 단 한 명도 없어. 분명해. 하지만 난 그렇게까지 해주길 바라는 게 아냐. 그저 텔레비전을 끄거나 채널을 돌려달라는 것뿐이야. 하지만 그렇게라도 해주는 사람이 단 한 명이라도 있다면 내 손에 장을 지지겠어.'

그때 즈데나 카포가 다가와 욕설과 함께 채찍질을 퍼붓고는 곧 다른 곳으로 갔다.

'저 여자 역시 밉긴 마찬가지야. 그래도 시청자들보다는 훨씬 덜해. 채찍질을 당하는 내 모습을 구경하는 사람들보다는 차라리 날 때리는 저 여자가 나아. 적어도 위선적이진 않으니까. 공개적으로 욕먹는 역할을 하니까. 악에도 위계가 있어. 가장 역겨운 자리를 차지하고 있는 건 즈데나 카포

가 아냐.'

그녀는 마르코 카포가 PFX 150에게 고래고래 소리 지르는 것을 보았다. 아이라는 신분 때문에 그녀는 구타보다는 훈계를 더 많이 들었다. 아이는 어느 장단에 발을 맞춰야 할지 모르는 것처럼 보였다. 아이에게 수용소라는 공간은 어른들이 영문을 모르는 자신에게 소리를 빽빽 질러대던 학교를 떠올리게 했다. 하지만 아직은 순진한 복종심이 반항정신을 억누르고 있었다.

파노니크가 몰래 다가갔다.

"그가 뭐라고 하던가요?" 그녀가 아이에게 물었다.

"듣는 척만 하고 있었어요."

"브라보." 아이에게 아직 배짱이 남아 있다고 생각한 파노니크가 말했다.

"왜 저한테 말을 놓지 않으세요? 그게 더 편할 것 같은데."

"수용소 밖이었다면 당연히 당신한테 말을 놓았을 거고, 나한테도 말을 놓으라고 했을 거예요. 하지만 여기선 카포들이 우리에게 거부하는 존중의 표시를 보이며 서로에게 말을 하는 것이 아주 중요해요."

"그럼 조직위원들에게는 반말을 해야 하나요, 아니면 존대를 해야 하나요?"

"그들에게 말을 하나요?"

PFX 150은 난처한 표정을 지었다. 아이가 잠시 우물거리다 대답했다.

"아뇨. 하지만 조직위원이나 카포가 저한테 질문을 하면 반말을 해야 하나요, 존대를 해야 하나요?"

"누구한테나 존대를 해야 해요."

즈데나 카포가 다가와 일은 안 하고 웬 잡담이냐고 소리 쳤다.

잠깐 나눈 그 대화가 파노니크의 뇌리를 떠나지 않았다. 그녀는 작업을 계속하며 자신이 속으로 슈베르트의 발라드 「마왕」을 흥얼거리고 있다는 것을 깨달았다. 그것은 그 작업에 이상적인 음악이 아니었다. 보통, 파노니크는 육체적 노동에 꼭 필요한 에너지를 주는 교향곡들을—생상스, 드보르작—두뇌에 입력시켰다. 하지만 이번에는 가슴을 찢어놓는 가곡이 머리 속을 떠돌며 그녀의 힘을 갉아먹었다.

파노니크는 아이와 같은 막사에서 자는 포로들에게 물어 보았다. 하지만 의미심장한 답변은 전혀 들을 수 없었다. 기진맥진한 상태로 곯아떨어지는 바람에 한밤중에 노파가 괴성을 지른다는 사실조차 모르는 사람들도 있었다.

"하지만 저보단 그 아이와 훨씬 가까운 곳에서 자잖아요." 파노니크가 말했다.

"너무 지쳐서 일단 잠들면 누가 업어 가도 몰라요." 누군가가 대답했다.

"PFX 150은 아주 착한 애랍니다. 얌전하고, 말도 거의 없어요." 누군가 덧붙였다.

그날 저녁, 파노니크는 또다시 아이에게 말을 붙여보려고 시도했다. 하지만 그것은 쉽지 않았다. 아이는 매번 비누조각처럼 빠져나가 무거운 침묵 속으로 피신했다. 파노니크는 에둘러 물었다.

"여기 오기 전에는 뭘 좋아했어요?"

"새들을 좋아했어요. 아름답고, 자유롭고, 날아다니잖아요. 저는 새들을 바라보며 시간을 보냈어요. 용돈이 생기기만 하면 시장으로 달려가 멧비둘기를 사서 날려주곤 했죠. 그게 너무 좋았어요. 두 손으로 팔딱이는 그 따뜻한 몸을 쥐고는 하늘을 향해 힘껏 던져줬지요. 그러면 새는 창공의 주인으로 변했어요. 전 마음속으로 그 비행을 따라가 보려고 애썼죠."

"수용소에도 새들이 있나요?"

"모르고 계셨어요? 이곳에는 없어요. 새들은 미치지 않았으니까요. 여기선 너무 안 좋은 냄새가 나요."

"수용소의 새, 어쩌면 당신이 그것일 수도 있어요." 파노니크가 애정 어린 목소리로 말했다.

그러자 PFX 150이 버럭 화를 내며 소리쳤다.

"절 좀 가만히 내버려둬요!"

"내가 무슨 기분 나쁜 말이라도 했나요?"

"여기서도 작은 새, 저기서도 작은 새, 날 그렇게 부르지 말란 말이에요!"

"수용소에 당신을 작은 새라고 부르는 사람들이 있나보죠?"

아이가 입을 다물었다. 아이의 입술이 부들부들 떨렸다. 아이가 두 손에 얼굴을 묻었다. 파노니크는 아이에게서 더는 단 한 마디도 얻어낼 수 없었다.

그 다음날 밤, 그녀는 잠들지 않으려고 무진 애를 썼다. 하지만 천근만근 무거운 잠이 그녀의 눈꺼풀을 덮쳤고, 그녀는 아무 소리도 듣지 못했다. 그녀는 자신을 탓했다. '보호해줘야 할 누군가가 있을 때, 신이라면 결코 죽은 듯 잠들지 않을 거야.'

이튿날 밤, 그녀는 끊임없이 자신을 일깨운 덕분에 잠들지 않을 수 있었다. 하지만 그녀는 아무 소리도 듣지 못했다. 노파마저도 알 수 없는 이유로 인해 헛소리를 자제했다.

하얗게 샌 밤이 그녀를 증오에 찬 피로로 가득 채웠다. '신은 이런 종류의 감정을 느끼지 않을 거야.' 하지만 그녀는 신성을 포기하지 않았다. '내 능력 밖이고 조금도 즐겁지 않지만, 지금 그건 너무나 절실해.'

그 다음날 밤, ZHF 911은 마치 벌충이라도 하듯 평소보다 더 크게 소리를 질러 파노니크를 깨워놓았다. 파노니크는 몽유병 환자처럼 자리에서 일어나 살금살금 밖으로 나갔다. 그리고 PFX 150의 막사까지 달려가 몸을 숨겼다. 호리호리하지만 강골인 키가 아주 큰 남자 하나가 한 손으로 아이의 입을 틀어막은 채 그 작은 몸을 품에 안고 막사에서 나왔다. 그가 망루에서 비추는 서치라이트 빛줄기 속을 지나갔다. 아주 나이가 많고 우아한 정장을 입은 사내였다. 그가 전리품을 품에 안고 가버렸다.

파노니크는 진흙탕에 웅크리고 있었다. 가슴이 터질 듯이 뛰었다. 그 길지 않은 시간이 그녀에겐 영원처럼 느껴졌다. 마침내 그가 돌아왔다. 그는 이제 아이의 입을 틀어막을 필요가 없었다. 아이는 사내의 품에 죽은 듯 안겨 있었다.

사내가 막사로 들어갔다가 혼자 나왔다. 파노니크는 그를 미행했다. 그녀는 그가 사람들이 장교라고 부르는 사람들, 조직위 간부들의 막사로 들어가는 것을 보았다. 이어 자물쇠로 문을 잠그는 소리가 들려왔다.

자신의 잠자리로 돌아온 파노니크는 역겨움의 눈물을 흘렸다.

이튿날, 그녀는 PFX 150의 얼굴을 살폈다. 아이는 전혀 아무 일도 없었다는 표정을 짓고 있었다.

"간밤의 그 노인은 누구죠?"

아이는 대답하지 않았다.

파노니크가 아이의 어깨를 잡아 거칠게 흔들었다.

"왜 그를 보호하는 거죠?"

"제가 보호하는 건 그가 아니라 저예요."

"내가 당신을 위협하기라도 했나요?"

마르코 카포가 다가와 파노니크에게 소리를 질렀다.

"그 불쌍한 애를 계속 흔들어댈 거야?"

돌덩이를 치우는 동안 그녀는 분노에 치를 떨며 생각했다. '아이와 같은 막사에서 자는 포로들이 전혀 보지도 듣지도 못했다는 게 과연 가능할까? 분명히 보복이 두려워서 거짓말을 하고 있는 거야, 나쁜 사람들. 난 손놓고 있지 않을 거야.'

그녀는 즈데나 카포가 다가오기를 기다렸다가 조직위원과 면담을 할 수 있게 해달라고 부탁했다. 즈데나는 마치 그녀가 칠면조 구이를 부탁하기라도 한 것처럼 깜짝 놀란 눈으로 그녀를 쳐다보았다. 하지만 그런 경우에 대비한 지침이 전혀 없었던지 카포는 서둘러 자리를 떴다.

카포가 그녀의 요청을 상부에 전하기는 한 모양이었다. '절대불가'라는 답변이 내려왔으니까. 그래서 파노니크는 자신에게 소송청구권이 있는지 물어봐 달라고 했다. "여기가 어디라고 생각하는가?"라는 답변이 돌아왔다.

파노니크는 하루 종일 추문을 폭로할 연단을 찾는 일에 골몰했다. 날이 저물고 있는데도 그녀는 여전히 그것을 찾지 못하고 있었다. 저녁식사 시간, 그녀는 심리적으로 무너지기 직전이었다. '내가 지금 이 자리에서 일어나 저들 모두를 증인으로 삼아 내가 알고 있는 것을 폭로한다면? 아마 아무 소용 없을 거야. 최선의 경우, 폭동이 일어나 이곳이 피바다로 변하고 말겠지. 최악의 경우, 포로들이 아무 반응 없이 그들 끼니 앞에 무기력하게 앉아 있을 수도 있어. 그럼

나는 혐오감에 몸서리를 치겠지. 그런 위험을 무릅쓰고 싶진 않아. 내가 직접 나서는 게 낫겠어.'

그 다음날 밤은 노파가 헛소리를 지껄이지 않은 밤들 중 하나였다. 그래서 파노니크는 잠에서 깨어나지 못했고, PFX 150을 보호해줄 수 없었다. 이튿날 아침, 그녀는 자신에게 불같이 화를 냈다. '그 마녀가 울부짖지 않는다고 해서 세상 모르고 곯아떨어지다니!'

그날 밤, 그녀는 ZHF 911의 고함소리 때문에 잠에서 깨어났다. 하지만 그녀가 소녀의 막사에 이르렀을 때, 사내는 이미 아이를 데리고 저만치 가고 있었다. 그녀는 앞뒤 가리지 않고 쫓아가 사내 앞에 몸을 던졌다.

사내가 굳은 듯 서서 말없이 그녀를 바라보았다.

"아이를 놔줘요!" 그녀가 명령했다.

PFX 150이 사내의 품에 안겨 고개를 저으며 파노니크에게 이상한 신호를 보냈다.

"그애를 놔줘요!" 그녀가 다시 한번 말했다.

사내는 꼼짝 않고 서 있었다.

파노니크가 달려들어 그의 멱살을 잡았다.

"놔주라고 했잖아, 이 더러운 놈아!"

사내는 한 손으로 파노니크를 밀쳐 내동댕이치고는 장교 막사를 향해 걸어갔다. 파노니크는 그의 한쪽 다리를 붙잡아 넘어뜨렸다. 아이가 진흙탕에 나뒹굴었다. 파노니크가 아이에게 달아나라고 외쳤지만, 아이의 한쪽 발목을 잡고 있던 치한이 일어나 아이를 질질 끌고 갔다.

파노니크는 욕설을 퍼부으며 그를 쫓아갔다.

"쓰레기 같은 놈! 너한텐 더없이 쉬운 일이겠지. 포로인데다 자신을 방어할 힘이 전혀 없는 어린애니까. 하지만 어디 두고 봐. 네가 한 짓을 모두가 알게 될 거야. 내가 조직위원들에게 알리라고 카포들에게 말해줄 거야. 시청자들에게도 말할 거고. 내가 네 인생을 완전히 망쳐놓을 거야!"

사내가 가소롭다는 표정으로 그녀를 쳐다보고는 아이를 막사 안에 내던지고 문을 닫았다.

파노니크는 열쇠가 돌아가는 소리를 들었다. 그리곤 아무 소리도 들려오지 않았다. 그 고요는 신음소리보다 더 불안했다.

'난 저 인간의 목소리조차 몰라. 그는 말 한 마디 안 했어.' 그녀는 생각했다.

그녀는 실의에 빠진 채 진흙탕에 쓰러져 기다렸다. 하지만 아이는 나오지 않았다.

아침 점호 때, 파노니크는 마르코 카포의 손에 이끌려오는 아이를 보았다. 그녀는 무덤에서 나온 듯한 표정을 짓고 있는 아이를 향해 웃어주었다.

이어 얀 카포가 그날 처형시킬 사람들을 선발하러 왔다. 보통, 그는 포로들을 사열한 다음 누구를 처형시킬지를 판단했다. 하지만 이번에는 조금의 망설임도 없이 ZHF 911과 PFX 150을 열에서 끄집어냈다.

전율이 포로들의 대열을 훑고 지나갔다. 아무리 악행에 익숙해진 사람들이라도 어린아이의 처형에 무심할 수는 없었다. 그들은 내심 바라 마지않았던 노파의 처형을 기뻐할 수조차 없었다.

그들은 늘 투덜거림과 빈정거림 사이를 오가는 ZHF 911의 목소리를 마지막으로 들었다.

"극은 서로 통한다더니, 정말이군."

그녀는 죽는 것조차 개의치 않았다.

PFX 150은 넋이 빠져 멍하니 서 있었다. 아이를 걷게 하기 위해선 등을 떠밀어야만 했다.

파노니크는 아이가 죽음을 향해 걸어가는 것을 보며 가슴이 찢어지는 고통을 맛보았다.

얀 카포가 명령을 받은 것이 분명했다. '내가 개입하지 않았다면 이렇게 서둘러 아이를 제거하진 않았을 거야.' 그녀는 이렇게 생각하며 눈물을 흘렸다.

그 날은 참혹한 날이었다. 아이의 유령이 모든 눈길 속에 떠다니고 있었다.

파노니크는 자괴감에 빠져드는 것을 스스로에게 허락하지 않았다. '내가 엄청난 실수를 한 건 사실이야. 하지만 악의 근원은 내가 아냐. 이제 신이 되기를 포기하겠어. 그것은 해로운 관념이니까.'

바로 그 순간, 그녀는 연약한 MDA 802가 돌덩이의 무게를 이기지 못하고 비틀대는 것을 보았다. 그녀는 친구를 도와주기 위해 달려갔다. 마르코 카포가 그 모습을 보고는 다가와 파노니크를 밀치며 소리쳤다.

"네가 무슨 구레네 시몬(예수의 십자가를 대신 짊어진 사람―옮긴이)이라도 되는 줄 알아?"

그 말에 파노니크는 머리끝에서 발끝까지 전율했다. 그

녀는 몇몇 카포들의 경우, 배운 게 없어 야만적으로 군다는 핑계조차 내세울 수 없겠구나, 하고 생각할 수도 있었을 것이다. 하지만 그녀에게 충격을 준 것은, 그 카포가 자신도 모르게 그녀에게 절실히 필요했던 말을 내뱉었다는 사실이었다.

구레네 사람 시몬. 왜 진작 그 생각을 못했을까? 그는 성서에서 가장 아름다운 인물이었다. 굳이 신을 믿지 않더라도, 어깨에 진 짐이 너무 무거워 보인다는 이유 하나만으로 타인을 돕는 인간은 아름다우니까.

'앞으론 그보다 더 위대한 이상을 갖지 않을 거야.' 파노니크는 이렇게 다짐했다.

제3부

즈데나는 CKZ 114의 주머니에 다시 초콜릿을 찔러주기 시작했다.

즈데나는 이제 그녀에겐 채찍질도 하지 않았다. 이름을 아는 사람을 때리는 일은 훨씬 더 어려운 법이니까.

파노니크는 이름을 밝힌 후로 한결 아름다워졌다. 그 소동이 그녀를 더욱 빛나게 만들었다. 사람이 하나의 용어로 지칭되게 되면, 오로지 자신만을 위한 낱말을 갖게 되면, 훨씬 더 아름다워지는 법이다. 언어란 실용적이기보다는 미적인 도구이다. 장미에 대해 말하고 싶은데 그것을 지칭하는 단어를 갖고 있지 못하면, 매번 '봄에 활짝 피어나고 좋은 향기가 나는 것'이라고 말해야 한다면, 그것은 훨씬 덜 아름다울 것이다. 그리고 그 단어가 더 호화로운 것, 다시 말해 하나의 이름일 때, 그것의 임무는 아름다움을 드러내는 데에 있다.

파노니크의 경우, 등록번호가 단지 그녀를 지칭한 것에 그친 반면, 이름은 그녀를 더욱 돋보이게 만들었다. 크라틸로스(Cratyle, 플라톤의 「크라틸로스」에 등장하는 철학자. 언어는 심원한 의미와 일치한다고 주장한다—옮긴이)의 튜브를 따라 그 네 음절을 울려 퍼지게 하면, 그녀의 얼굴이라는 음악을 얻을 수 있었다.

가끔 실수가 저질러지기도 한다. 말하자면 전혀 어울리지 않는 이름을 가진 사람들도 있는 것이다. 오로르라 불려야 마땅한 얼굴을 가진 아가씨가 이십 년 전부터 부모와 지인들에 의해 베르나데트라 불리는 경우도 있다. 하지만 그러한 멍청한 실수 때문에 이름을 지니는 것이 훨씬 더 아름답다는 불변의 진리가 빛을 잃는 것은 아니다. 전체를 이루는 음절들 속에 자리잡는 것, 그것은 인생에 있어서 가장 중대한 사업들 중 하나다.

즈데나의 태도를 연민으로 여긴 카포들이 짜증을 냈다.

"이것 봐, 즈데나 카포, 그녀의 이름을 안 후로 자기가 그녀를 거의 안 때리는 거, 알아?"

"누구?"

"이런, 이제 한술 더 떠 우릴 엿먹이려 들기까지 하는군!"

"그녀? 내가 그녀를 덜 때리는 건 최근 들어 고분고분 말을 잘 듣기 때문이야."

"둘러대지 마. 말을 잘 듣고 안 듣고는 애초부터 상관없었어. 자기가 안 때리면, 우리가 다시 때릴 거야."

"안 돼, 난 너희들 동의를 얻었어."

"넌 그 대신 우리에게 뭔가 이야기해주겠다고 약속했지."

"이야기해줄 게 없는 걸 어떡해."

"잘 찾아봐. 안 그러면 우리도 더는 약속 못 지켜."

그 후로 즈데나는 더 열심히 CKZ 114의 등에 채찍질을 하는 시늉을 했다. 하지만 욕설을 퍼붓는 것만은 도저히 할 수 없었다.

파노니크는 생각했다. 그 카포가 처음에는 진짜 채찍질을 하고 가짜 이름을 불러대더니, 이젠 가짜 채찍질을 하고 마침내 알아낸 진짜 이름은 입 밖에도 내지 못한다고.

결국 아무것에도 이르지 못하는 생각들로부터 벗어나기 위해 CKZ 114는 EPJ 327에게 관심을 갖기로 마음먹었다. 선한 사람에게 사랑을 받고 있다는 느낌은 그녀에게 큰 위안이 되어주었다.

그는 늘 그녀 주위를 맴돌았다. 그리고 기회만 생기면 그녀에게 말을 걸었다. 그는 자신이 사랑으로 감싸주는 걸 그녀가 기꺼워한다는 사실을 깨달았다. 그는 그것이 고마웠다. 그리고 그것은 그가 살아가는 이유가 되었다.

"당신을 안 후로, 그러니까 이상하게 들리겠지만 내가 포로가 된 이후로, 난 삶에 대해 더 큰 애착을 느끼고 있어요."

"절 진정으로 아신다면, 아마 그렇게 말하진 않을 걸요."

"왜 내가 당신을 진정으로 알지 못한다고 생각하죠?"

"절 진정으로 알려면 정상적인 상황에서 만났어야 했어요. 무차별 검거가 있기 전, 저는 많이 달랐거든요."

"어떤 점에서?"

"전 자유로웠어요."

"당연하다고 말할 수도 있겠지만, 난 오히려 당신이 여전히 자유롭다고 말해주고 싶군요."

"지금은 자유롭기 위해 애쓰고 있을 뿐이죠. 그건 같지 않아요."

"그렇긴 하지요."

"전 가끔 경박하게 굴기도 했어요."

"우리 모두가 경박했죠. 하지만 우리가 옳았어요. 삶의 사소한 부분들을 즐길 줄 아는 것, 그것 역시 무시할 수 없는 재능이니까요. 당신이 '집단수용소' 이전에 어떤 점에서 그렇게 달랐는지 난 여전히 모르겠군요."

"어떻게 말해야 할지 저도 모르겠어요. 하지만 절 믿으셔도 돼요."

"난 당신을 믿어요. 우리가 처한 상황이 받아들일 수 없는 것이긴 하지만, 나는 여기서 사람들의 진면목을 발견했다고 생각합니다. 따라서 난 당신을 진정으로 알고 있다고 간주할 수 있을 거예요. 평화로운 시절에 당신을 만났더라도 당신을 이보다 더 잘 알진 못했을 겁니다. 우리가 지금 겪고 있는 것은 전쟁이에요. 전쟁은 인간의 심원한 본성을 드러내죠."

"그 생각, 저는 마음에 안 들어요. 우리의 본성을 알기 위해선 시련이 필요하다는 말이잖아요. 전 전쟁이 우리의 심원한 본성들 중 하나만을 드러낸다고 생각해요. 전 이왕이면 당신에게 평화로운 시절의 제 심원한 본성을 보여주고 싶어요."

"만약 우리가 이 악몽에서 기적적으로 살아남는다면, 나에게 그 심원한 본성을 보여주겠소?"

"그게 그때까지 저에게 남아 있다면."

즈데나는 그 둘 사이를 예의주시했다. 그녀는 그들이 가깝게 지내는 게 싫었다. 무엇보다 부아가 치미는 건 아무것도 아닌 그가, 그녀가 마음대로 때릴 수 있고, 마음이 내키면 형장으로 보내버릴 수도 있는 그가 그녀보다 훨씬 더 큰 힘, 그녀를 사로잡고 있는 여자의 마음에 드는—어느 정도인지는 알 수 없었다— 힘을 가지고 있다는 사실이었다.

즈데나는 EPJ 327을 처형시킬 포로들의 열로 끌고 가고픈 유혹을 여러 차례 느꼈다. 경쟁자를 간단하게 제거해버릴 수 있는 방법이 있는데, 유혹이 왜 없었겠는가? 하지만 그녀는 그가 자신의 경쟁자가 아니라는 사실을 깨닫고는 마음을 바꿔먹었다. 그녀는 그와 경쟁을 하는 것이 아니었다. 그 남자의 수법을 연구하는 것이 더 영리한 방법일 것 같았다. 그런데 아뿔싸, 그는 말로 유혹하는 부류의 사람이었다.

그로 인해 즈데나는 자신이 열등한 위치에 있다고 느꼈다. 그녀가 스스로 말을 잘 한다고 느낀 적이 평생 딱 한 번 있었는데, '집단수용소' 카메라 앞에 서서 시청자들에게 자기 자신을 소개했을 때였다. 그리고 그녀는 그 참담한 결과를 봤다.

실패한 사람이면 누구나 그렇듯, 그녀는 자신이 실패한 분야에서 두각을 드러내는 사람들을 경멸했다. "말만 번지르르하게 하는 것들"—그녀는 그들을 이렇게 불렀다—, 더러운 것들 같으니! 어떻게 파노니크가 그들의 헛소리, 그 입에 발린 소리에 넘어갈 수 있을까? 그녀는 대화에 내용이 있을 수도 있다는 생각은 아예 해보지도 않았다. 수다를 늘어놓는 사람들, 그녀는 그런 사람들을 많이 만나봤고, 그들이 번갈아 늘어놓는 독백에 귀를 기울인 적도 있었다. 하지만 이젠 어림없어. 파노니크는 입 한 번 벙긋하지 않은 채 그녀를 매료시키지 않았던가!

그녀의 허위의식도 파노니크의 목소리를 발견했을 때 받았던 충격, 그녀의 입에서 나온 낱말들이 주었던 충격을 그녀에게 완전히 감추지는 못했다.

'그건 달라.' 카포는 생각했다. '그녀는 빈말을 늘어놓지 않아. 아름다운 것은 누군가가 뭔가를 말하기 위해 말을 할 때야.'

혹시…… 그녀는 갑자기 가슴이 덜컥 내려앉는 것 같았

다. EPJ 327은 뭔가를 말하기 위해 파노니크에게 말을 한 것이었다. 그래서 그녀가 넘어간 거고. 더러운 놈, 그러니까 그 놈에겐 뭔가 말할 게 있는 거야!

그녀는 자신의 내부에 '말할 것들'이 있는지 뒤져보았다. 파노니크의 말에서 받은 충격 덕분에 그녀는 규칙을 깨달았다. '말할 것'은 피상적인 것이 전혀 없는 말, 그리고 너무나 중요해서 상대방의 뇌리에 영원히 각인되는 정보들이 교환되는 말이었다.

불행하게도 즈데나는 자기 내부에서 그와 일치하는 것을 전혀 찾아내지 못했다.

'나는 텅 비어 있어.' 그녀는 생각했다.

파노니크와 EPJ 327은 텅 비어 있는 존재들이 아니었다. 그것은 충분히 짐작할 수 있는 것이었다. 카포는 그 차이, 자신을 그들과 갈라놓는 심연을 발견하고 끔찍한 고통을 맛보았다. 그녀는 다른 카포들, 방송 조직자들, 시청자들 그리고 대다수의 포로들 역시 텅 비어 있다고 생각하며 위안으로 삼았다. 그것은 놀라운 일이었다. 꽉 차 있는 사람보다 텅 비어 있는 사람들이 훨씬 더 많았다. 왜지?

그녀는 그 이유를 알 수 없었다. 하지만 무엇보다 시급한 문제는 자신을 채울 수 있는 방법을 찾는 것이었다.

포로들은 단 일 초도 '집단수용소'를 본 적이 없는 유일한 사람들이었다. 그것이 그들의 유일한 특권이었다.

"시청자들이 어떤 시퀀스를 가장 흥미로워하는지 궁금하네요." 저녁식사를 하는 동안 MDA 802가 말했다.

"분명 처형시킬 사람을 가려내는 시퀀스를 가장 좋아할 거야." 한 남자가 말했다.

"그럴 우려가 크죠." 파노니크가 말을 이었다.

"폭력적인 시퀀스들 역시." 한 여자가 말했다. "채찍질과 비명, 스트레스가 싹 가시겠지."

"물론 그렇겠죠." MDA 802가 말했다. "그리고 '감동' 시퀀스에도 아마 입맛을 다실 거예요."

"이 일에서 누구의 죄가 가장 크다고 생각해요?" EPJ 327이 물었다.

"카포들." 남자가 말했다.

"아니, 조직자들." 한 번도 입을 열지 않았던 누군가가 불쑥 끼어들었다.

"이런 잔학한 방송을 금지시키지 않는 정치인들." MDA 802가 말했다.

"파노니크, 당신은 어떻게 생각해요?" EPJ 327이 물었다.

파노니크에게 관심이 쏠리면 늘 그렇듯, 잠시 침묵이 흘렀다.

"전 가장 큰 죄를 짓고 있는 사람들은 시청자들이라고 생각해요." 그녀가 대답했다.

"좀 심한 거 아니에요?" 남자가 물었다. "일터에서 힘든 하루를 보내고 지치고, 침울하고, 텅 빈 채 집에 돌아오면 보고 즐길 거라도 있어야죠."

"다른 채널도 있잖아요." 파노니크가 말했다.

"당신도 알다시피, 텔레비전 프로그램은 많은 경우 사람들의 유일한 화제예요. 그래서 모두가 같은 걸 보죠. 따돌림 당하지 않고 함께 나눌 뭔가를 갖기 위해."

"그럼 모두 다른 걸 보면 되잖아요." 파노니크가 말했다.

"물론 그래야겠죠."

"마치 유토피아적인 이상처럼 말씀하시는데, 그렇게 어

려운 일은 아니에요. 텔레비전 채널을 돌리기만 하면 되니까요." 파노니크가 말을 이었다.

"난 동의할 수 없어요." MDA 802가 선언했다. "물론 시청자들에게도 잘못은 있어요. 하지만 그렇다고 그들이 가장 큰 죄인이라니! 그들의 잘못은 수동적인 거예요. 방송 조직자와 정치인들의 죄가 백 배 천 배 더 커요."

"이런 파렴치한 방송을 보는 이상, 시청자들이 이 방송을 만들어냈다고도 할 수 있어요." 파노니크가 말했다. "정치인들은 군중의 발현이에요. 그리고 방송 조직자들은 틈새가 있는 곳, 다시 말해 그들에게 수익을 가져다주는 시장이 존재하는 곳이면 어디든 파고드는 탐욕스럽고 냉정한 사람들이죠. 시청자들은 돈이 되는 시장을 조성해준 죄인들이에요."

"광고가 욕구를 조장하는 것처럼, 방송 조직자들이 시장을 만들어낸다는 생각은 안 드나요?"

"아뇨, 궁극적인 책임은 이처럼 거부하기 쉬운 방송을 보는 사람들에게 있어요."

"그럼 아이들은?" 여자가 말했다. "아이들은 부모보다 먼저 학교에서 돌아와요. 부모들에겐 아이들을 돌봐줄 사람을 고용할 능력이 없고요. 사정이 이렇다 보니 아이들의 텔레비전 시청을 통제할 수가 없는 거죠."

"도대체 왜 단순하고 단호해야 할 곳에서 이런저런 예외, 면죄부, 핑계, 정상참작거리를 찾으려고 애쓰는 거죠?" 파노니크가 되물었다. "지난 전쟁 때, 저항을 선택한 사람들은 그것이 힘겨우리라는 것을, 나아가 불가능하리라는 것을 알고 있었어요. 하지만 그들은 망설이지 않았죠. 이것저것 재보느라 시간을 허비하지 않았어요. 그들은 필사적으로 저항했어요. 달리 어찌할 방법이 없었으니까요. 그들의 자식들도 그들을 따라 했죠. 아이들을 바보 취급해서는 안 돼요. 제대로 교육을 받은 아이는 늘 따라다니며 챙겨줘야 하는 철부지로 자라지 않아요."

"사회를 변화시킬 계획이라도 있는 모양이죠?" 사내가 빈정거렸다.

"아뇨. 전 경멸이 판치는 곳에 자존심과 존중심을 되살려 놓고 싶을 뿐이에요."

"그럼, 아무 말도 않고 있는 당신은요, EPJ 327, 당신은 어떻게 생각해요?"

"전 이곳에 결코 '집단수용소'를 보지 않았을 거라고 확신할 수 있는 사람이 단 한 사람밖에 없다는 충격적인 사실을 확인하고 있는 중입니다. 그리고 그건 파노니크예요. 따

라서 전 그녀의 말이 백 번 옳다고 결론짓고 싶습니다." 그
가 대답했다.

어색한 침묵이 흘렀다.

"당신 역시 '집단수용소'를 결코 보지 않았을 거예요."
파노니크가 EPJ 327에게 낮은 목소리로 속삭였다.

"텔레비전이 아예 없으니까요."

"훌륭한 이유네요. 그런데 당신은 그 사실을 밝히지 않았
어요. 왜죠?"

"지도자는 바로 당신이니까요. 난 누가 봐도 책밖에 모르
는 선생이라는 표시가 너무 나요."

"부끄러워할 일은 아니죠."

"그래요. 하지만 사람들에게 힘을 줄 수 있는 이상은 바
로 당신이에요. 당신이 아까 레지스탕스 얘길 했었죠. 당신
이 수용소 내부에 레지스탕스 조직을 만들 수도 있다는 거,
알아요?"

"그렇게 생각하세요?"

"난 확신해요. 하지만 그 방법에 대해선 말 않겠어요. 난
아무것도 모르니까. 전술의 천재는 바로 당신이니까. 당신

이 MDA 802의 목숨을 구하기 위해 벌인 그 소동, 난 결코 그것을 찾아내지 못했을 겁니다."

"전 천재하고는 거리가 멀어요."

"문제는 그게 아니에요. 나는 당신에게 기대를 걸고 있습니다."

MDA 802의 구출은 내가 미리 꾸민 것이 아니었어, 그녀는 생각했다. 그 전술은 터질 듯한 긴장감에 힘입어 순간적으로 떠오른 것이었다. 나머지 시간 동안, 그녀의 생각은 다른 포로들의 생각과 거의 다르지 않았다. 혼란, 두려움, 허기, 피로, 역겨움, 그녀는 그 모든 부정적인 것들을 몰아내고, 그것들을 음악으로(허기와 싸울 힘을 얻기 위해서는 생상스의 「오르간을 위한 교향곡」 제4악장, 잡념을 몰아내기 위해서는 슈베르트의 「10번 교향곡」 안단테) 대체하려고 애썼다.

이튿날 아침점호 때, 파노니크는 갑자기 자신이 촬영되고 있다는 확신이 들었다. 카메라가 그녀를 쫓아다니며 잠시도 놔주지 않았다. 그녀는 그것을 느꼈고 확신했다.

그녀 두뇌의 한 부분이 그것은 유치한 나르시시즘에 지나지 않는다고 말했다. 어렸을 적, 그녀는 눈 하나가—신? 의식?—자기를 계속 따라다닌다는 느낌을 자주 받았다. 성장하는 것, 그것은 그따위 것을 그만 믿는 것이었다.

하지만 그녀 존재의 영웅적인 부분이 오히려 그것을 믿으라고, 그것을 빨리 이용하라고 명령했다. 파노니크는 지체 없이 카메라로 추정되는 것을 향해 얼굴을 돌리며 큰소리로 외쳤다.

"시청자 여러분, 텔레비전을 끄십시오! 가장 큰 죄를 짓고 있는 건 바로 당신들입니다! 당신들이 이 가증스러운 방송의 시청률을 올려주지 않는다면, 이 방송은 이미 오래 전에 막을 내렸을 겁니다! 진정한 카포는 바로 당신들이에요! 그리고 당신들이 우리가 죽어가는 것을 바라볼 때, 살인자는 바로 당신들의 눈입니다! 당신들이 바로 우리의 감옥, 우리의 형벌입니다!"

곧 그녀가 입을 다물고 이글거리는 눈길로 카메라를 노려보았다.

얀 카포가 급히 달려와 마치 그녀를 갈가리 찢어놓을 듯 뺨을 후려쳤다.

얀 카포가 자기 화단을 짓밟는 것을 보고 불같이 화가 난 즈데나 카포가 그를 붙들며 귀에 대고 속삭였다.

"그만해. 조직위원들이 꾸민 일이니까."

얀 카포가 어이가 없다는 표정으로 그녀를 쳐다보았다.

"도대체 무슨 짓들을 하는 건지, 원." 그가 자리를 뜨며 말했다.

즈데나는 파노니크를 대열로 돌아가게 했다. 그리고는 그녀의 눈을 똑바로 쳐다보며 속삭였다.

"브라보, 나도 너랑 같은 생각이야."

그날 하루는 아무 일 없이 지나갔다.

소란을 피운 것에 대해 아무런 제재도 없자 파노니크는 몹시 어리둥절했다. 하지만 뜻밖의 일이라 어떻게 대처해야 할지 몰라 늦어지는 것뿐이지 머지않아 징계가 내려질 거라고 생각했다.

포로들은 정신 나간 행동으로 죽음을 자초하는 천재적인 미치광이를 바라보듯 그녀에게 경악과 찬탄이 뒤섞인 눈길을 보냈다. 그녀는 그들의 눈에서 판결문을 읽었고, 자신의 선택에 대한 확신이 더욱 굳어지는 것을 느꼈다. 그리고 자신에게 동조한 즈데나는 자선을 비웃는 자선시설이나 다름 없었다.

저녁식사 시간, 파노니크의 조 사람들은 그녀가 아직 살아 있는 것을 보고는 놀라움을 금치 못했다.

"갑자기 왜 그랬나요?" MDA 802가 물었다.

"어떤 알제리 영웅의 말이 떠올랐어요." 파노니크가 대답했다. "'말을 해도 죽고 안 해도 죽는다면, 말을 하고 죽어라.'"

"아무리 그래도 함부로 목숨을 거는 일은 하지 말아요." EPJ 327이 말했다. "우리에게는 살아 있는 당신이 필요하니까요."

"제 말에 동의하지 않으세요?" 파노니크가 물었다.

"아뇨, 당신 말에 동의하고 당신을 존경해요. 하지만 그래도 당신한테 무슨 일이 생길까봐 두려워요."

"보시다시피 아무 일 없으니 걱정 마세요. 그 일이 있고 나서도 즈데나 카포는 제 주머니에 초콜릿을 찔러줬어요." 그녀가 초콜릿을 나눠주며 말했다.

"아직은 당신에 대한 지시를 못 받아서 그럴 거예요."

"내가 한 일을 그녀가 축하해준 거, 아세요?"

파노니크가 카포가 했던 말을 그대로 전하자 사람들이 일제히 폭소를 터뜨렸다.

"즈데나 카포도 생각을 하는군!"

"그것도 우리의 영웅과 똑같이!"

"그녀는 우리 편이야!"

"그녀가 우리에게 욕설을 퍼붓고 채찍질을 해대는 방식을 보고 벌써부터 짐작하고 있었지."

"정이 많은 여자야."

"사실, 우린 그녀에게 큰 은혜를 입었어요." 파노니크가 지적했다. "그녀가 건네준 초콜릿이 없었다면, 우리들 대부분은 이미 굶어 죽었을 거예요."

"그녀가 그렇게 관대하게 구는 이유를 우리는 알고 있어요……" EPJ 327이 이를 갈며 말했다.

파노니크는 EPJ 327이 자신에 대한 즈데나의 열정을 언급할 때면 언제나 그렇듯 마음이 영 불편했다. 고결함 그 자체인 그가 즈데나 얘기가 나오기만 하면 영혼의 위대함을 흔적도 없이 상실하고 말았다.

그날 밤, 자신이 벌인 소동의 충격에서 아직 벗어나지 못한 파노니크는 자다 깨다를 반복하며 잠을 설쳤다.

그녀는 작은 소리만 나도 놀라 벌떡 깨어났고, 자신의 여윈 몸을 으스러져라 껴안은 채 최선을 다해 스스로를 진정시키려고 애썼다.

문득 잠에서 깨어난 그녀는 자신을 삼킬 듯 바라보고 있는 즈데나를 발견했다. 즈데나는 비명을 지르지 못하도록 반사적으로 그녀의 입을 틀어막았다. 그리고는 그녀에게 소리 내지 말고 자신을 따라오라는 신호를 보냈다.

막사 밖으로 나오자 파노니크가 속삭였다.

"내가 잘 때 몰래 와서 그런 식으로 자주 들여다보나요?"

"맹세컨대 이번이 처음이야. 난 너한테 거짓말을 할 이유가 없어. 내가 우위를 점하고 있으니까."

"마치 강한 사람들은 거짓말을 하지 않는 것처럼 말하는군요!"

"나도 거짓말을 많이 하지만 너한테는 안 해."

"저한테 뭘 원하는 거죠?"

"할 말이 있어."

"무슨 말?"

"나도 너하고 생각이 같다는 말. 시청자들은 개자식들이라구."

"그 말은 이미 했잖아요. 그것 때문에 내 잠을 방해하러

온 거예요?"

파노니크는 이렇게 말하면서도 자신의 무례한 어조에 적잖이 놀랐다. 하지만 그건 그녀로서도 어쩔 수가 없는 일이었다.

"너에게 말을 하고 싶었어. 하루 종일 그럴 기회가 없었잖아."

"아마 서로 할 말이 없기 때문이겠죠."

"난 너에게 하고 싶은 말이 있어. 네가 내 눈을 뜨게 해줬거든."

"무엇에 대해서?" 파노니크가 아이러니를 담아 물었다.

"너에 대해서."

"난 대화의 주제가 되고 싶지 않아요." 파노니크가 자리를 뜨며 말했다.

카포가 근육질의 팔로 그녀를 붙들었다.

"넌 너 자신을 훨씬 넘어서는 존재야. 아무 걱정 말아. 너에게 해를 끼칠 생각은 조금도 없으니까."

"자기 진영을 선택해야만 해요, 즈데나 카포. 내 편이 아닌 이상, 당신은 내게 해를 끼칠 수밖에 없어요."

"나를 즈네다 카포라고 부르지 마. 그냥 즈데나라고 불러줘."

"당신이 당신으로 남아 있는 한, 난 당신을 즈데나 카포라고 부를 거예요."

"난 진영을 바꿀 수 없어. 카포 역할을 하는 대가로 돈을 받고 있으니까."

"잔혹한 논거로군요."

"카포가 되기로 한 게 잘못된 결정이었는지도 몰라. 하지만 이미 카포가 됐으니 어쩔 수 없어."

"괴물이기를 그만두는 일에는 결코 늦는 법이 없어요."

"내가 괴물이라면 진영을 바꾼다 하더라도 괴물로 남을 거야."

"당신에게 있어서 괴물은 카포지 즈데나가 아니에요. 카포 일을 그만둬요. 그러면 더는 괴물로 남지 않을 테니."

"네가 제안하는 건 불가능해. 카포의 계약서에 이런 조항이 있어. 일 년을 채우지 못하고 그만두는 카포는 즉시 포로가 된다."

파노니크는 그 말이 거짓일지도 모른다고 생각했다. 하지만 그녀에겐 그 말의 진위를 확인할 방법이 없었다.

"어떻게 그런 계약서에 서명을 할 수가 있었죠?"

"사람들이 날 원한 게 그때가 처음이었으니까."

"그걸로 충분했나요?"

"그래."

'어느 모로 보나 불쌍한 여자로군.' 파노니크는 생각했다.

"초콜릿은 앞으로도 계속 갖다 줄게. 이거 받아. 내 식사에 곁들여진 빵인데 널 위해 남겨뒀어."

즈데나가 포로들의 식사로 나오는 눅눅하고 맛없는 빵과는 질적으로 다른, 황금빛으로 물든 둥근 빵 하나를 내밀었다. 파노니크는 군침을 흘리며 그 빵을 바라보았다. 배고픔이 두려움을 압도했다. 그녀는 빵을 집어 게걸스레 삼켰다. 카포가 만족스런 표정으로 그녀를 바라보았다.

"이제 뭘 원해?"

"자유."

"그건 주머니에 슬쩍 찔러줄 수 있는 게 아냐."

"이곳을 탈출하는 게 가능할 것 같아요?"

"불가능해. 이곳의 보안시스템에는 빈틈이 없어."

"당신이 우릴 도와줘도?"

"우리라니? 내가 돕고자 하는 건 바로 너야."

"즈데나 카포, 당신이 나만을 돕고자 한다면 당신은 여전히 괴물로 남을 거예요."

"네 잘난 윤리로 날 피곤하게 만들지 마."

"윤리는 꼭 필요해요. '집단수용소' 같은 프로가 방송되는 걸 막으니까."

"그럼 그게 통하지 않는다는 걸 너도 잘 알았겠군."

"통할 거예요. 이 방송은 중지될 수 있어요."

"꿈 깨! '집단수용소'는 텔레비전 역사상 가장 큰 성공을 거두고 있는 프로야."

"그래요?"

"우린 매일 아침 전날 시청률을 확인해. 연일 기록을 경신하고 있지."

파노니크는 절망으로 입을 다물었다.

"네 말이 맞아. 시청자들은 쓰레기들이야."

"그렇다고 당신이 용서받을 수 있는 건 아니에요, 즈데나 카포."

"그래도 그들보단 낫지."

"증명해 봐요."

"난 '집단수용소' 안 봐."

"유머감각이 풍부하군요." 파노니크가 역겨운 듯 비꼬아 말했다.

"내가 목숨을 걸고 널 탈출시킨다면 증거가 되겠어?"

"나만 탈출시킨다면 확실하진 않아요."

"네가 요구하는 건 불가능해."

"목숨을 걸 용기가 있다면 적어도 모든 사람을 구해주려고 애써 봐요."

"문제는 그게 아냐. 문제는 내가 다른 사람들에겐 관심이 없다는 거야."

"그게 그들을 도와주지 않을 이유가 되나요?"

"물론 되지. 내가 널 탈출시켜준다면 공연한 헛수고가 되진 않을 테니까."

"어째서요?"

"대가가 있을 테니까. 난 아무 대가 없이 목숨을 걸 정도로 멍청하진 않아."

"무슨 말인지 이해할 수가 없군요." 몸을 사리며 파노니크가 말했다.

"아니, 넌 이해하고 있어. 그것도 아주 잘." 그녀의 눈을 뚫어져라 바라보며 즈데나가 말했다.

파노니크는 구역질이 치밀어오르는 듯 손으로 입을 틀어막았다.

이번에는 카포도 그녀를 붙들려고 하지 않았다.

파노니크는 볏짚 매트 위에 쓰러져 역겨움의 눈물을 흘렸다.

'집단수용소' 같은 방송에 수치스러운 성공을 보장해준 인류에 대한 역겨움.

즈데나 같은 인간이 속한 인류에 대한 역겨움. 그런 여자가 자신을 시스템의 희생자로 여기다니! 즈데나는 그녀를 탄생시킨 시스템보다 더 못했다.

끝으로, 그 천박한 존재에게 그런 욕망을 불러일으킨 그녀 자신에 대한 역겨움.

파노니크는 일찍이 그런 역겨움을 느껴본 적이 없었다. 그날 밤, 그녀는 짐승처럼 괴로워했다.

즈데나 카포는 확인할 수도 분별할 수도 없는 느낌에 휩싸여 잠자리로 돌아왔다.

대체로 만족스러운 느낌이었지만 그녀는 그 이유를 알 수가 없었다. 아마 자신을 매료시킨 여자와 긴 대화를 나눈 탓이었으리라. 안 좋게 끝나긴 했지만 그건 충분히 예상할 수 있는 것이었고, 앞으로는 달라질 것이었다.

자신이 그녀의 탈출을 돕는 데 조건을 내세운 것은 지극히 정상적인 일 아닌가?

그녀의 내심 깊숙한 곳에는 감히 이름을 밝히지 못하는 절망이 있었다. 밤이 깊어감에 따라 그것이 수면으로 부상했다.

슬픔이 조금씩 양심에 자리를 내주었다. '조건을 내세우는 건 내 권리야. 그게 아가씨 마음에 안 든다 해도 어쩔 수 없는 일이지. 권력은 강한 자들의 것이고, 뭔가를 얻으려면 대가를 치러야 하는 거야. 네가 자유를 원한다면, 내 뜻에 따라야 할 거야.'

이 양심은 머지않아 일종의 잔인한 쾌감의 상태에 도달했다. '네가 날 역겨워한다면 오히려 더 잘 된 거야! 내가 네 마음에 들지 않는 게 난 오히려 기뻐. 치러야 할 대가가 그만큼 더 날 즐겁게 해줄 테니까.'

이튿날, EPJ 327은 파노니크의 눈 밑이 검게 그늘져 있는 것을 보았다. 하지만 카포의 눈 밑 역시 그렇다는 것은 알아차리지 못했다. 그 대신 카포가 파노니크에게 더 냉랭하게 군다는 사실을 알아차리고는 안도의 한숨을 내쉬었다.

그런데 포로들의 에게리아(탄생과 봄을 관장하는 요정. 아름다움과 유혹의 상징으로 정치가에게는 조언을, 시인과 소설가에게는 시적 영감을, 예술가에게는 창조적 영감을 주는 존재─옮긴이)가 왜 저렇게 절망에 빠진 표정을 짓고 있을까? 그것은 전혀 그녀답지 않은 모습이었다. 지금까지 가혹할 정도로 힘든 날에도 그녀의 눈빛만은 생생하게 살아 있었다. 그런데 오늘, 그것은 꺼져 있었다.

하지만 그로선 저녁이 되기 전에는 그녀에게 말을 건넬 수조차 없었다.

한편, 외부에선 언론매체들이 야단법석을 피우고 있었다. 대부분의 일간지들이 일면에 시청자들에게 호통을 치는 파노니크의 사진을 커다랗게 싣고 그녀가 벌인 소동을 대서특필했다. 몇몇 신문은 아무런 논평 없이 그녀가 내뱉은 첫 문장, **"시청자 여러분, 텔레비전을 끄십시오!"**를, 다른 신문들은 두 번째 문장, **"가장 큰 죄를 짓고 있는 건 바로 당신들입니다!"**를 거대한 활자로 그대로 옮겼다. 그녀가 한 말 가운데 가장 격렬한 **"살인자는 바로 당신들의 눈입니다!"**를 제목으로 삼은 신문들도 있었다.

이어, 그녀가 한 말이 토씨 하나 빠지지 않고 그대로 옮겨졌다. 감히 그들의 사설을 '본인이 이미 독자들에게 말했다시피…'로 시작하는 논설위원들도 있었다. 몇몇 잡지들은 그것이 조작극이라고, 그 젊은 아가씨가 돈을 받고 그렇게 말한 거라고 주장했다. 그럼 살해당하는 포로들도 돈을 받고 그러는 것이냐고 반문하는 독자들도 있었다.

이 허튼 반론들을 제외하면 모두가 만장일치였다. 모든 매체들이 일제히 파노니크의 손을 들어주며 그녀를 찬양했다. "그녀는 영웅이야, 진정한 영웅이야!" 사람들은 이렇게 외쳤다.

저녁식사 시간, 파노니크는 혼란스런 표정으로 같은 조 사람들에게 그날은 초콜릿을 받지 못했다고 말했다.

"그럴 수밖에요." MDA 802가 말했다. "어제 당신이 한 욕설에 대한 보복이에요."

"그것 보세요." EPJ 327이 말을 이었다. "어제 즈데나 카포는 당신의 말을 축하해줬지만 날이 바뀌자 제일 먼저 제재를 가하잖아요. 앞으론 그녀의 말이 어디까지 진심인지 잘 살펴야 할 겁니다."

"저 때문에 여러분들이 오늘 저녁 초콜릿을 못 먹게 됐어요!" 파노니크가 더듬거리며 말했다.

"그런 말 말아요." MDA 802가 반박했다. "오히려 우리가 당신 덕분에 지난 몇 주 동안 초콜릿을 얻어먹었다고 말하는 게 옳아요."

"맞아요." 한 남자가 맞장구를 쳤다.

"어제 그 소동만 벌이지 않았어도, 전 오늘도 여러분에게 초콜릿을 나눠드릴 수 있었을 거예요."

"당신의 영웅적인 행동을 봤으니, 우린 오늘 저녁 초콜릿을 못 먹어도 행복해요." 한 여자가 소리쳤다.

"게다가 그 초콜릿은 그리 맛있지도 않았어요. 내가 좋아하는 상표가 아니었거든요." MDA 802가 거들었다.

사람들이 일제히 폭소를 터뜨렸다.

"고마워요, 내 친구들." 전날 동료들 생각은 털끝만큼도 않은 채 한 입에 삼켜버린 신선한 빵을 떠올리며 문득 자신이 너무나 부끄러워진 파노니크가 웅얼거렸다.

그녀가 마음의 빚을 덜기 위해 자기 몫의 눅눅한 빵 조각을 나눠 먹으라고 내놓자, 동료들은 왜 그러냐는 질문 한 번 없이 득달같이 달려들어 먹어치웠다.

이틀 후, 조직위원들은 여전히 기록적인 시청률에 입을 다물지 못하고 있었다.

"정말 굉장하군. 이렇게 엄청난 시청률을 올린 적은 단 한 번도, 그야말로 단 한 번도 없었어!"

"그러게 말이오. 모든 매체들이 그 계집의 입장 표명에 열화와 같은 박수를 보냈는데, 우리가 얻은 결과는 그녀가 시청자들에게 요구한 것과는 정반대로 나타났소."

"그 계집이 시청자들에게 한 번 더 호통을 쳤으면 좋겠군!"

"정말 무대 기질을 타고난 계집이야!"

"왜 저런 진주를 진작 찾아내지 못했을까!"

그들은 일제히 웃음을 터뜨렸다.

즈데나 카포는 계속 파노니크의 주머니에 초콜릿을 찔러 주지 않았다.

'집단수용소'의 시청률은 끊임없이 올라갔다.

자신의 용기가 이런 결과를 가져온 줄 알았다면, 이미 견딜 수 없는 지경이었던 파노니크의 절망감은 아마 극에 달했을 것이다.

기자들은 슬픔에 빠져 있는 파노니크의 표정을 주목했다. 많은 매체들이 시청자들에게 호통을 친 사건 때문에 아마 그녀가 혹독한 벌을 받았을 거라고 추측했다. "우리는 파노니크가 자신의 영웅적인 행동 때문에 값비싼 대가를 치른 만큼 더욱 더 그녀의 지시에 따라야 할 것입니다."

시청률은 그로 인해 더 올라갔다.

한 사설이 이 현상을 문제삼았다. "당신들은 하나같이 비열한 사람들입니다. 당신들은 분개하면 할수록 그 방송에서 눈을 떼지 못합니다." 그러자 매체들이 일제히 그 고약한 역설을 외쳐댔다.

그 사이, 시청률은 절정에 도달했다.

한 석간지 기자가 조간지 사설의 논조를 이어갔다. "우리가 〈집단수용소〉에 대해 말을 하면 할수록, 우리가 그 잔혹함을 성토하면 할수록, 시청률은 계속 올라갑니다. 해결책은 침묵입니다."

매체들은 이 침묵의 의지에 열렬한 호응을 보냈다. 입을 다뭅시다! 잡지들은 표지 전면에 이런 글귀를 실었고, 발행 부수가 가장 많은 일간지는 일면을 단 한 마디, **침묵!**으로 채웠다. 라디오들은 그 주제에 대해서는 아무 말도 하지 않겠노라고 반복해 방송했다.

시청률은 천장을 찢고 치솟았다.

"**초**콜릿은 오늘도 없나요?" 어느 날 저녁, 한 사내가 파노니크에게 물었다.

"입 닥쳐요!" MDA 802가 외쳤다.

"죄송해요." 파노니크가 대답했다.

"죄송할 것 조금도 없어요." EPJ 327이 단호하게 말했다.

파노니크는 그것이 거짓말이라는 걸 알고 있었다. 그에겐 그 초콜릿이 고통스러울 만큼 아쉬웠다. 그들이 매일 먹어온 그 조각들은 별것 아닌 것 같아도 지난 몇 주 동안 그들에게 지옥을 버텨낼 에너지를 가져다준 가장 주된 식품이었다. 너덜너덜한 빵 조각과 멀건 죽으로는 그 소중한 칼로리를 대신할 수 없었다. 하루하루가 지나갈 때마다 파노니크는 기력이 빠지는 것을 느꼈다.

"시청자들에게 또다시 호통을 쳐야 해요." EPJ 327이 파노니크에게 말했다.

"그러다 그들이 빵 배급까지 중단해 버리면 어쩌려고?" 같은 조 사내가 소리쳤다.

"당신은 부끄럽지도 않아요?" MDA 802가 그 남자에게 말했다.

"틀린 말은 아니에요." 파노니크가 끼어들었다. "제가 시청자들에게 욕을 퍼부은 게 2주 전 일인데, 보시다시피 초콜릿이 사라진 것 말고는 달라진 게 아무것도 없잖아요."

"당신으로선 알 도리가 없는 일이죠." EPJ 327이 말했다. "우린 바깥에서 무슨 일이 벌어지고 있는지 전혀 몰라요. 어쩌면 이젠 이 방송을 보는 사람이 아무도 없을지도 모르죠. 어쩌면 이 방송이 내일 당장 중단될지도."

"정말 그럴까요?" 파노니크가 미소를 지으며 물었다.

"난 그럴 거라고 믿어요." MDA 802가 말했다. "이 경우에 들어맞는 아랍 속담이 있어요. '결코 포기하지 말라. 포기하자마자 기적이 일어날 수도 있으니까.'"

이튿날, 파노니크는 즈데나의 귀에 대고 재빨리 속삭였다. "오늘 밤."

효과는 금방 나타났다. 16시경, 파노니크의 주머니에는 이미 초콜릿 두 판이 들어 있었다.

그녀는 끔찍한 불안 속에서 하루를 보냈다.

저녁식사 시간, 그녀가 초콜릿을 꺼내 보여주자 기쁨의 함성이 터져 나왔다.

"드디어 제재가 풀렸다!" 누군가가 외쳤다.

"목소리 낮춰요! 다른 조 사람들 생각도 좀 하세요!" 파노니크가 말했다.

"그런데 왜 더 많은 초콜릿을 요구하지 않았죠?" 핀잔을 들은 남자가 뻔뻔스럽게 물었다.

"제가 요구할 수 있는 입장에 있다고 생각하세요?" 화가 치밀어 오르는 것을 느끼며 그녀가 말했다.

"말을 내뱉기 전에 생각부터 좀 해보세요." EPJ 327이 남자에게 말했다.

"이왕 매력을 파는 거라면 최대한 값을 올려 받아야죠, 안 그래요?" 자신이 틀렸다는 걸 받아들일 수 없었던 남자가 빈정거렸다.

파노니크가 벌떡 일어섰다.

"당신 생각에는 내가 그 초콜릿을 어떻게 얻어내는 것 같아요?"

"그야 당신이 알아서 할 일이죠."

"천만에요. 당신이 그걸 먹는다면, 그건 당신하고도 상관이 있어요."

"그렇지 않소. 나는 당신에게 아무것도 요구하지 않았으니까."

"당신은 포주보다 못해요. 당신 같은 사람에게 먹을 것을 가져다주기 위해 내 목숨을 위험에 빠뜨리다니!"

"오, 됐어요, 난 희생양이 되고 싶진 않아요. 말을 안 할 뿐이지 이 식탁에 앉아 있는 사람들 생각도 다 똑같아요."

얼토당토않다는 듯 사람들이 일제히 항의의 목소리를 높였다.

"그들 말을 믿지 말아요." 남자가 말을 이었다. "환심을 사서 초콜릿을 계속 얻어먹으려고 그러는 거니까. 난 그들이 속으로 생각하는 걸 큰소리로 말하는 것뿐이오. 그리고 당신이 모르는 게 한 가지 있어요. 당신이 그 초콜릿을 어떻게 얻어내든 우린 전혀 개의치 않아요. 초콜릿만 먹을 수 있으면 그만이니까."

"제발 '우리'라고 말하지 마시오. 최소한 '나'라고 말할 수 있는 용기라도 가져 봐요." EPJ 327이 개입했다.

"당신 훈계 따윈 필요 없소. 난 다른 사람들이 생각하는 걸 큰소리로 말할 용기를 가진 유일한 사람이니까."

"제가 보기에 무엇보다 놀라운 건 당신이 당신 자신을 무척 자랑스러워하는 것처럼 보인다는 사실이에요." 파노니크가 지적했다.

"진실을 말할 때는 늘 자신이 자랑스러운 법이오." 남자가 고개를 꼿꼿이 세우고 말했다.

그 순간, 파노니크는 그 사내의 태도가 얼마나 우스꽝스러운지 깨닫고는 웃음을 터뜨렸다. 그 웃음은 전염성을 띤 것이었다. 곧 모든 사람들이 그 남자를 제물로 삼아 한바탕 웃어대기 시작했다.

"그래요, 실컷 웃어요." 사내가 이를 갈며 말했다. "나는 내가 무슨 말을 하는지 알고 있소. 옳은 소리는 늘 듣기 싫다는 것도. 그리고 앞으로는 내가 초콜릿을 먹지 못하리라는 것도."

"천만에요." 파노니크가 대꾸했다. "당신은 앞으로도 계속 당신이 당신 몫이라고 부르는 것을 받게 될 거예요."

그녀는 다른 사람들이 깊이 잠들 때까지 기다려 막사를 나섰다. 그리고 문을 나서다 이제나저제나 그녀가 나오기만을 기다리고 있던 즈데나 카포와 맞닥뜨렸다.

"내 방으로 갈까?"

"그냥 여기 있어요." 파노니크가 대답했다.

"지난번처럼? 여긴 거북하잖아."

그녀는 즈데나 카포가 갑자기 그녀로선 조금도 내키지 않는 새로운 가능성을 타진하고 있다는 것을 깨달았다. 그래서 먼저 선수를 쳤다.

"할 말이 있어요. 우리 사이에 오해가 있는 것 같아요."

"있다마다. 난 너에게 선의를 베풀고자 하는데, 넌 그걸 모르고 있는 것 같아."

"그것 말고 다른 오해가 있어요, 즈데나 카포."

"카포라는 말을 빼주면 더 좋겠지만, 난 네가 내 이름을 불러줄 때마다 기분이 좋아져. 네가 내 이름을 발음하면 듣기가 너무 좋아."

파노니크는 앞으로는 그녀의 이름을 불러주는 일을 피해야겠다고 다짐했다.

카포가 가까이 다가왔다. 파노니크는 두려운 나머지 벌벌 떨며 말을 하기 시작했다.

"내가 말한 오해란 당신에 대한 나의 경멸감에 대해 당신이 잘못 알고 있다는 거예요."

"그럼 날 경멸하지 않는 거야?"

"당신은 내 경멸감에 대해 오해를 하고 있어요."

"그따위 얘긴 하나마나야."

"당신에게 있어서 내가 경멸하는 건……" 공포를 주체하지 못한 채 파노니크가 말했다. "당신이 행사하는 강권, 제약, 공갈, 폭력이지 당신 욕망의 성격이 아니에요."

"아, 그럼 넌 그런 종류의 욕망을 좋아해?"

"당신에게 있어서 내가 혐오스러워하는 건 당신이 아닌 것이에요. 진정한 카포로서 행동할 때의 당신, 그건 당신이 아니에요. 난 당신이 좋은 사람이라고 생각해요. 당신이 카포가 되기로 마음먹을 때만 빼놓고."

"무척이나 복잡한 얘기로군. 그런 횡설수설이나 늘어놓으려고 한밤중에 나오라고 한 거야?"

"이건 횡설수설이 아니에요."

"그렇게 쉽게 빠져나갈 수 있을 거라고 생각하는 거야?"

"당신이 좋은 사람이라는 걸 당신 스스로 아는 건 아주 중요한 일이에요."

"이 지경까지 이르렀는데 그런 것은 알아 뭐하겠어."

"당신의 본질적인 부분은 나한테 존중받길 갈망하고 있어요. 당신은 내 눈에서 증오에 아무것도 빚지지 않은 불꽃

이 번뜩이는 것을, 당신이 비참한 존재가 아니라 위대한 존재로 비치는 것을 너무나 보고 싶어해요."

"네 눈에서 그걸 본다고 해도 그것이 내가 기대하는 것을 제공해주지는 않을 거야."

"당신은 더 나은 것을 가지게 될 거예요. 한없이 더 나은 것을."

"그것이 더 나을 거라고 난 확신할 수 없어."

"당신이 원하는 것, 그건 오로지 힘으로만 얻을 수 있는 거예요. 그리고 그건 당신이 생각하는 것과는 달리 혐오감만 남길 거예요. 나중에 돌이켜보면 그건 구역질보다 더 못할 거예요. 당신을 쫓아다닐 유일한 추억은 마주 보고 있을 수 없는, 증오에 찬 내 눈길에 대한 것뿐일 거고요."

"그만해. 욕망이 일려고 하니까."

"당신이 내세우는 그 욕망을 진정으로 갖고 있다면, 당신은 내 이름을 소리내어 부를 수 있을 거예요."

즈데나의 얼굴이 창백해졌다.

"당신이 느끼는 것을 느낄 때, 우린 상대방의 이름을 부르고 싶은 욕구를 느껴요. 당신이 내 이름을 알아내기 위해 갖은 애를 쓴 데에는 이유가 없지 않아요. 당신이 그걸 알아냈고 내가 바로 앞에 있는데도 당신은 내 이름을 소리내어 부를 수 없어요."

"그건 그래."

"하지만 그러고 싶죠, 안 그래요?"

"그래."

"하고 싶지만 안 되는 건 생리적으로 불가능하기 때문이에요. 몸을 멸시하는 건 잘못이에요. 그건 영혼보다 훨씬 덜 사악해요. 당신 영혼은 당신 몸이 거부하는 것들을 원한다고 주장하고 있어요. 당신 영혼이 당신 몸만큼 정직해질 때, 당신은 내 이름을 부를 수 있을 거예요."

"말해두건대, 내 몸은 너에게 해를 끼칠지도 몰라."

"하지만 그걸 원하는 건 몸이 아니에요."

"그런 걸 네가 어떻게 알지?"

"난 당신을 안다고 주장하는 게 아니에요. 멸시, 그건 다른 사람들의 불가지(不可知)한 면모를 마치 아는 것처럼 구는 것이기도 해요. 난 당신에 대해 하나의 직감을 가지고 있을 뿐이에요. 하지만 당신 내부의 어두운 부분은 나에게도 암흑으로 남아 있어요."

잠시 침묵이 흘렀다.

"난 불행해." 즈데나가 말했다. "난 오늘밤을 이런 식으로 예상하지 않았어. 내가 너한테 어떤 걸 기대할 수 있는지 말해줘. 내가 어떤 걸 희망해도 되는지."

파노니크는 1/4초 동안 그녀가 감동적이라고 생각했다.

"날 똑바로 쳐다보며 내 이름을 부를 수 있을 거예요."

"겨우?"

"그거라도 할 수 있게 되면 엄청난 기쁨이 될 거예요."

"난 삶을 그런 것으로 상상하지 않았어." 당황한 표정으로 카포가 말했다.

"나도요."

그들은 웃음을 터뜨렸다. 그것은 공모의 순간이었다. 세상의 추악함을 함께 발견한 스무 살 처녀들이 나눈.

"난 자러 갈래요." 파노니크가 말했다.

"난 잠이 안 올 것 같아."

"그럼 잠이 올 때까지 내 동료들과 나를 구체적으로 어떻게 도울지 곰곰이 생각해봐요."

제4부

드디어 시청률이 상승을 멈추었다. 시청률은 조금도 떨어지지 않았지만 더 이상 올라가지도 않았다.

조직위원들은 불안에 사로잡혔다. '집단수용소'가 방영된 지난 6개월 동안 시청률은 지속적인 상승곡선을 그렸다. 언론이 앞다퉈 보도하는 사건이 있을 때는 가파른 곡선을, 아닐 경우에는 아주 완만한 곡선을. 하지만 결코 정체상태는 없었다.

"우리의 첫 정체기로군." 그들 중 하나가 말했다.

"정체기란 착각일 뿐일세." 다른 하나가 대꾸했다. "그게 자연의 법칙이지. 앞으로 나아가지 못하는 건 뒤처지게 되어 있어."

"그래도 우리가 올리고 있는 시청률은 엄청난 걸세. 이렇게 압도적인 시청률을 기록한 방송은 결코 없었어."

"그것으론 충분치 않네. 미래를 준비하지 않으면 우린 머지않아 뜻밖의 난관에 부딪히고 말 걸세."

"그렇겠지. 이젠 매체들도 우리 얘길 하지 않으니까. '집단수용소' 얘기만으로 몇 달을 보내더니 이젠 질렸는지 주제를 바꿔버렸어. 또다시 관심을 끌려면 뭔가를 찾아내야만 해."

그들 중 하나가 한때 유행했던, 스타들의 사진과 인터뷰로 꾸민 쇼 프로처럼 후보자들을 대상으로 특집 프로를 구성해보면 어떻겠느냐고 제안했다.

"그건 불가능하네." 누군가 그에게 말했다. "카포들이라면 시도해볼 수도 있겠지. 하지만 우리 방송의 진정한 스타는 포로들일세. 그런데 우리가 이곳에 집단수용소의 생활 조건을 그대로 재현하고 있기 때문에 그들을 인터뷰하는 것은 불가능하네. 다시 말해, 그건 모든 수용소를 지배하는 인간성 말살 원칙에 어긋나는 것이지."

"그럼 어쩌지? 어쩌면 그와 비슷한 게 뭔가 있을 것도 같은데……. CKZ 114가 이름을 밝혀 정체성을 획득했을 때도 언론이 엄청나게 떠들어댔잖은가."

"그건 그녀라 가능한 일이었어. 그게 아무한테나 가능할 거라고 믿어서는 안 되네."

"그 계집이 몹시 예쁘기 때문이지. 아닌게아니라 그 계집이 요즘 들어 잠잠해져서 유감이군."

"그 계집과 즈데나 사이의 사랑은 어떻게 되어가나? 처벌자와 희생자 커플도 좋은 아이디어가 될 것 같은데……."

"안 돼, 시청자들은 그녀가 감히 범접할 수 없는 동정녀이길 원해."

"어쨌거나 그게 우릴 수렁에서 구해주진 않을 거야. 우리에겐 완전히 새로운 계획이 필요해."

조직위원들은 각자 심사숙고를 해본 다음 다시 원탁에 둘러앉았다. 그들은 머리를 맞대고 엄청난 양의 커피와 담배를 마시고 피웠다.

"'집단수용소'의 유일한 결점은 쌍방향 방송이 전혀 안 된다는 데에 있어." 그들 중 하나가 지적했다.

"쌍방향 방송. 20년 전부터 입만 열었다 하면 그 말뿐이로군."

"시청자들이 방송에 참여하고 싶어서, 자기 의견을 밝히고 싶어서 안달이니까."

"어떻게 하면 우리 방송을 쌍방향으로 만들 수 있을까?"

잠시 침묵이 흘렀다.

"그렇지, 바로 그거야!" 누군가가 외쳤다. "시청자들에게 카포의 일을 하게 하는 거야!"

"채찍?"

"아니! 처형장으로 보낼 포로를 고르는 일."

"쓸 만한 아이디어가 나온 것 같군."

"전화를 사용하면 비용이 만만찮을 텐데?"

"더 나은 게 있네. 텔레텍스트(문자 다중 방송의 국제적 통일 호칭—옮긴이)를 사용하는 거야. 시청자가 리모콘만으로 모든 걸 할 수 있다면 호응이 훨씬 좋을 걸세. 제거하기로 마음먹은 사람의 등록번호 세 문자와 세 숫자를 누르는 것만으로 충분할 테니까."

"멋진 생각이야! 엄지를 위로 향하게 하느냐 아니면 아래로 향하게 하느냐, 마치 로마의 원형경기장 같겠군."

"자네들 모두 미쳤군. 참여율은 형편없을 걸세. 어떤 시청자도 감히 자기 손으로 희생자들을 지정하진 못할 거야."

모든 눈길이 방금 말한 사람에게로 쏠렸다.

"나랑 내기할까? 얼마 걸겠나?" 누군가가 물었다.

나머지 위원들이 모두 껄껄대며 웃었다.

"이제 방송은 구원받았소." 위원장이 이 말로 모임이 끝

낮음을 알렸다:

　새로운 원칙들이 시청자들에게 설명되었다. 아무리 멍청한 사람이라도 알아듣게끔 자세하게. 만면에 미소를 가득 머금은 사회자가 열띤 어조로 '집단수용소'가 시청자들의 방송이 되었음을 알렸다.

　"앞으로는 여러분들이 직접 포로들을 고르게 될 것입니다. 남을 자와 떠날 자를 고르는 일은 이제 여러분들의 몫입니다."

　사회자는 '죽음'이라는 낱말의 사용을 교묘하게 피했다.

　시청자들은 곧 리모콘이 나타나 화면을 가득 채우는 것을 보았다. 이어 '집단수용소'의 텔레텍스트에 접근하기 위해 사용해야 하는 단추들이 붉은색으로 표시되었다. 사용방법이 아주 쉬웠지만 혹시라도 못 알아듣는 사람들이 있을까봐 방송국측은 설명에 설명을 거듭했다. "단순한 기술적 문제로 인해 투표를 하지 못한다면 너무나 유감스러운 일일 것입니다." 사회자는 이렇게 말했다.

　"저희 방송의 민주적 원칙에 따라 '집단수용소' 텔레텍스트의 사용이 무료라는 점을 거듭 밝혀두고자 합니다." 사회자가 매력적인 표정을 지으며 결론지었다.

　언론 매체들은 그 방송이 탄생되었을 때보다 더 큰 소리로 아우성을 쳐댔다. **'집단수용소'의 새로운 발상: 카포들은 바로 우리! 이젠 우리 모두가 처벌자들이다.** 주요 일간지는 일면에 이렇게 대서특필했다.

　그들은 도대체 우리를 무엇으로 취급하는가? 대부분의 매체들은 이렇게 성토했다.

　한 논설위원은 분노를 금치 못하며 이렇게 썼다. "저는 인류의 명예에 호소하고자 합니다. 물론, 그것은 역사상 가장 역겨운 방송에 엄청난 성공을 가져다줌으로써 바닥에 곤두박질쳤습니다. 하지만 저는 여러분이, 다시 말해 우리가 이 비열한 방송을 떨쳐버리고 명예를 되찾기를, 아무도 투표하지 말기를 기대합니다. 저는 방송을 아예 안 보지는 않더라도, 적어도 그 천인공노할 투표에 참여하지는 말라고 여러분께 호소하는 바입니다."

　'집단수용소' 첫 투표에서의 기권율은 최근 유럽의회 의 원 선거의 그것과 반비례했다. 다시 말해 기권을 한 시청자는 거의 없었다. 앞으로는 투표용지를 리모콘으로 대체하는 방법을 모색해봐야 한다고 주장하는 정치인들이 나올 정도로.

투표방식을 채택한 이후 '집단수용소' 첫 방송의 시청률은 이전 기록들을 단숨에 깨버렸다.

새로운 방식의 '집단수용소'가 처음 방송되던 날 아침, 포로들은 평소대로 줄지어 정렬했다.

카포들이 그들로부터 주된 특권을 앗아가 버린 새 조치를 못마땅하게 여겼기 때문에 포로들에게 그것을 설명하겠다고 나선 사람은 렌카 카포뿐이었다. 하이힐 위로 늘씬하게 뻗은 다리를 뽐내며 한참을 오락가락하던 그녀가 마침내 멈춰 서더니 상체를 앞으로 쑥 내밀고 입을 열었다.

"앞으로는 너희들 중 형장으로 보낼 자들을 시청자들이 투표를 해서 뽑는다. 어때, 너희들이 민주주의라 부르는 게 바로 그런 거 아냐?"

그녀가 싱긋 웃고는 가슴이 깊이 파인 옷에서 봉투 하나를 꺼냈다. 그리고는 오스카상 수상자를 발표하듯 봉투를 뜯었고, 그것을 읽었다.

"선출된 사람은…… GPU 246과 JMB 008."

포로들 중 가장 나이가 많은 사람들이었다.

"보아하니 시청자들이 늙은이들을 그리 좋아하지 않는 모양이군." 렌카 카포가 빈정거리며 덧붙였다.

파노니크는 넋이 빠져 있었다. 렌카 카포의 천박함이 눈 앞에서 벌어지고 있는 현실을 더욱 믿을 수 없는 것으로 만들어놓고 있었다. 그것은 불가능했다. 너무나 터무니없는 일이었다. 렌카가 그 얘길 지어낸 것이었다. 그녀가 자신의 선택을 시청자 투표 결과로 꾸민 것이었다. 그랬다, 그것일 수밖에 없었다.

그런데 잘 설명이 되지 않는 것은 다른 카포들의 태도였다. 그들은 못마땅한 표정으로 뒤로 물러나 있었다. 파노니크는 렌카와 그녀의 동료들이 다툰 모양이라고 생각했다. 하지만 색광증 카포가 사라진 후에도 그들의 표정은 바뀌지 않았다.

그 중에서도 즈데나가 특히 침울해보였다.

이튿날 아침, 더는 애매함의 소지가 없었다. 포로들이 줄지어 서 있는데, 마르코 카포는 사열을 할 생각조차 하지 않았다. 그는 그들 앞에 우뚝 서서 종이를 꺼내고는 말했다.

"상부에서 더는 우리의 의견을 원치 않으니, 너희들을 검열하는 코미디 따윈 하지 않겠다. 오늘, 시청자들이 뽑은 포로는 AAF 167과 CJJ 214다."

그들은 남 앞에 나서길 꺼려하는 소심한 두 처녀였다.

"감히 말하자면, 난 이 선택에 이론의 여지가 있다고 생각한다." 마르코 카포가 주장했다. "비전문가들의 의견에 따르다보면 이런 일이 종종 발생하지. 전문가들이라면 다른 의견을 내놓을 거야, 안 그래? 하지만 어쩌겠어, 민심이 곧 천심인 걸."

시청자들의 대대적인 참여라는 수치스러운 현상에 대해 언론매체들이 일제히 들고 일어났다. 마치 약속이라도 한 듯, 같은 날 모든 일간지들이 거대한 활자로 **절망!**이라고 대서특필했고, 한결같이 일면의 유일한 기사를 '우리는 절망의 수렁에 빠지고 말았다' 는 문장으로 시작했다.

라디오, TV들은 이제 그 얘기밖에 안 했다. 풍자 신문들도 더는 힘들여 신문을 만들 필요가 없어졌다고 한탄했다. 소름끼치게 하는 코믹에 있어서 현실이 그들을 영원히 앞질러 버렸으니까. "이번 사태에서 가장 재미있는 것은 포로들의 생사를 결정하는 권한을 박탈당하고는 크게 분노해 민주주의의 약점을 심각하게 지적한 카포들의 태도다." 그들 중 하나가 논평했다.

이러한 궐기의 결과는 곧 나타났다. 모든 사람이 '집단수용소'를 보기 시작했다. 텔레비전이 없는 사람들조차 이웃집으로 그 방송을 보러 갔다. 하지만 그 와중에도 그들은 크고 높은 목소리로 자신들이 바보상자의 마지막 비판자들이라고 뽐내는 일을 그만두지 않았다. 이웃들은 입만 열면 침을 튀겨가며 그 방송을 욕하면서도 TV 화면에서 도무지 떨어질 줄 모르는 그들의 눈길을 보고 냉소를 지었다.

그것은 전국적인 전염병이었다.

즈데나는 불안했다. 카포들이 처형시킬 포로들을 결정하는 한, 그녀에겐 파노니크를 보호해줄 힘이 있었다. 최후의 판결이 대중의 손에 넘어간 지금, 그녀가 확신할 수 있는 것은 아무것도 없었다. 그 불확실성이 바로 그녀가 막 존재를 발견한 민주주의의 가장 가증스러운 측면이었다.

그녀는 이런저런 이유를 떠올리며 스스로를 안심시키고자 했다. 파노니크는 만인의 연인, 에게리아, 히로인, 최고의 미녀 등등이었다. 시청자들이 그들의 스타를 희생시키는 바보짓을 할 리가 없었다.

첫 투표결과는 일단 그녀를 안심시켰다. 시청자들이 나이 든 포로들부터 제거하기로 마음먹는다면, 파노니크는 당분간 안전했다. 하지만 두 번째 투표결과가 그녀의 두려움을 다시 일깨워놓았다. 그 두 처녀는 단지 눈에 잘 띄지 않는다는 이유만으로 선택되었던 것이다. 물론, 파노니크는 눈에 안 띄지는 않았지만 다소 신중한 편이었다. 최근 들어 점점 더 그런 경향을 강하게 보였다.

간단히 말해, 도무지 종잡을 수 없는 투표결과로 볼 때 최악의 경우가 발생할 수도 있었다. 그날 오후, 주머니에 초콜릿을 찔러주며 카포가 그녀에게 속삭였다. "오늘 밤." 파노니크가 고개를 끄덕였다.

자정, 두 아가씨가 만남을 가졌다.

"이대로 지내서는 안 돼. 뭔가를 보여줘야만 해." 즈데나가 말했다. "왜 이젠 발언을 안 하는 거지? 왜 더는 시청자들에게 호통을 치지 않는 거야?"

"내 개입이 어떤 결과를 가져오는지 똑똑히 봤잖아요." 파노니크가 빈정거렸다.

"대중을 변화시킬 순 없겠지만, 적어도 처형을 면할 수는 있을 거야! 오늘 아침에 제거된 두 아가씨는 오로지 눈에 잘 띄지 않는다는 이유만으로 그렇게 됐어. 넌 살아야만 해. 사람들에겐 네가 필요해."

"그럼 당신은, 당신은 왜 행동에 나서지 않죠? 당신은 우릴 위해 아무 일도 하지 않아요. 내가 우릴 구출하기 위한 계획에 대해 숙고해보라고 당신에게 부탁한 게 벌써 2주 전 일이에요. 난 여전히 그 대답을 기다리고 있어요."

"능력이라면 네가 나보다 한 수 위잖아. 너한테는 사람들을 감동시키는 능력이 있어. 반면 나한테 관심을 가지는 사람은 아무도 없어."

"제길, 당신은 자유롭고 난 포로잖아요! 탈출 계획에 대해선 생각 좀 해봤어요?"

"연구하고 있어."

"서둘러요. 안 그러면 우린 모두 죽고 말 거예요!"

"네가 좀더 상냥하게 굴면 연구에 더욱 박차를 가할 수 있을 텐데."

"속셈이 훤히 들여다보이는군요."

"네가 아무 대가도 내놓지 않고 나한테 불가능한 걸 요구하고 있다는 거, 알기나 해?"

"나와 내 동료들의 생존, 그게 당신에겐 아무것도 아니란 말인가요?"

"제길, 넌 뭘 몰라도 한참 몰라! 그거 별거 아냐, 내가 너한테 요구하는 거."

"내 생각은 안 그래요."

"넌 멍청한 계집이야. 넌 살아남을 자격이 없어."

"그렇다면 마음껏 기뻐해요. 살아남지 않을 테니." 그녀를 두고 자리를 뜨며 파노니크가 말했다.

그때까지 즈데나는 파노니크의 지성에 매료되어 있었다. 단 몇 마디로 할 말을 다 하고 전혀 예상치 못한 답변으로 상대방을 꼼짝 못하게 만드는 방식이 그녀의 두뇌가 명석하다는 것을 증명해주었다. 그런데 지금 그녀의 눈에는 파노니크가 멍청하기 짝이 없는 계집아이로 보였다.

차라리 죽음을 택하는 것, 그녀에게 그것은 추문에 가까운 것이었다. 삶은 노력을 기울여 쟁취할 만한 가치가 있는 것이었다. 게다가 자신이 그녀에게 요구하는 것은 그야말로 아무것도 아니었다.

그녀에게 파노니크는 그녀가 읽어보지 않은 소설들에 등장하는 후작부인들, 그들 외에는 아무도 가치를 부여하지 않는 그로테스크한 미덕에 목을 매는 귀부인들같이 구는 것처럼 보였다. 즈데나는 그들 존재를 확신할 수 없었던 만큼 더욱더 과감하게 그런 문학 나부랭이 따윈 무시해버렸다. 일반적으로, 그녀에게 소설적 세계는 그런 풍습을 옹호할 정도로 허황된 것으로 보였다.

'그래도 그녀를 사랑하지 않을 수 없다는 게 문제야. 마치 그로 인해 그녀가 더 사랑스러워진 듯한 느낌이야. 남들은 너무나 쉽게 주는 것을 완강하게 거부하는데도, 마치 내가 그녀 부모의 희생을 요구하기라도 하는 것처럼 질색을 하는데도, 난 미치도록 그녀가 좋아.'

주체할 수 없는 욕망이 그녀의 존재를 설렘으로 가득 채웠지만, 파노니크가 조만간 죽을 수도 있는 현실을 떠올리자 그 기쁨은 곧 사라져버렸다. 인류가 탄생시킨 것 중에 가장 아름답고, 가장 순수하고, 가장 고상하고, 가장 부드러운 것이 수백만의 시청자들이 지켜보는 가운데 참혹한 고통을 겪으며 죽어갈 것이다.

즈데나는 그 현실의 참혹함을 처음으로 이해한 것 같은 느낌이 들었다.

그래서 그녀는 자신의 열정에 걸맞은 계획 하나를 세웠다. 그 계획을 실행에 옮기려면 파노니크의 주변 인물에게 접근해야만 했다.

즈데나는 MDA 802를 선택했다. 즈데나는 그녀를 잠재적인 경쟁자로 보고 오랫동안 증오해왔다. 나중에 가서야 그녀는 자신의 생각이 틀렸다는 것을 깨달았다. MDA 802가 파노니크에 대해 품고 있는 감정은 순수한 우정에 지나지 않았다. 반면 파노니크는—분하게도—EPJ 327의 사랑에는 무심하지 않은 것처럼 보였다.

그녀는 MDA 802의 손에 빨간색 염료 병을 슬쩍 쥐어주고는 낮은 목소리로 속삭였다.

"손을 다친 척해, 빨리!"

MDA 802의 심장이 미친 듯이 방망이질치기 시작했다. 카포가 자신과 밀담을 나누기 위해 수작을 부리고 있었던 것이다. 파노니크에게 했던 것과 같은 제안을 하려는 것일까? 만약 그렇다면, 그녀는 군말 없이 그 제안을 받아들일 것이다. 즈데나에게 조금도 끌리진 않았지만, 자유를 되찾을 수만 있다면 그녀는 무엇이든 할 각오가 되어 있었다.

그녀는 재빨리 손바닥에 염료 병을 쏟고는 손바닥을 보여주며 신음했다.

"피가 철철 흐르는군." 즈데나가 말했다. "양호실에 데려가야겠어."

즈데나는 욕을 퍼부으며 그녀를 끌고 갔다.

"돌덩어리에 손을 베다니, 멍청한 것!"

아무에게도 개입할 시간을 주지 않은 채, 아무에게도 들키지 않은 채 그들은 양호실이 아니라 카포의 방으로 갔다.

"할 얘기가 있어." 즈데나가 입을 열었다. "너, CKZ 114하고 친하게 지내지, 안 그래?"

"그래요."

"너만 그렇게 여기고 있는 거야. 그녀는 너와 너희 조 사람들에게 뭔가를 숨기고 있어."

"그야 그녀의 권리죠."

"권리 좋아하네. 자신이 위험에 처하게 될까봐 그러는 거야."

MDA 802는 침묵을 지키는 편이 낫겠다고 판단했다.

"친구를 배신하고 싶지 않은 모양이군, 좋아." 카포가 말을 이었다. "하지만 그녀는 조금도 망설이지 않았어."

'이건 함정이야.' MDA 802는 생각했다.

"내가 그녀에게서 뭘 기대하는지는 너도 잘 알 거야. 바닷물을 몽땅 마시라는 건 아니잖아, 안 그래? 내가 원하는 걸 해주기만 한다면, 그녀와 널 포함해 조 전체의 탈출을 보장해주겠다고 했어. 그런데 웬걸, 아가씨께서는 거부하고 있어. 그녀는 내 요구를 거부함으로써 너희들을 구하는 일을 거부하고 있는 거야."

MDA 802는 카포뿐 아니라 파노니크에 대해서도 은근한 분노가 치미는 것을 느꼈다. 실용주의자인 그녀는 분풀이는 뒤로 미루고 모든 것을 걸고 모든 것을 시도해보기로 마음먹었다.

"즈데나 카포, CKZ 114가 당신에게 거부하는 거, 난 거부 안 해요."

그녀가 발작적으로 온몸을 떨었다.

즈데나가 잠시 입을 다물지 못하고 있다가, 마침내 식인귀의 웃음을 터뜨렸다.

"내가 마음에 드나, MDA 802?"

"마음에 안 들진 않아요." 불쌍한 여자가 말했다.

"그럼 널 공짜로 바치겠다는 거야?"

"아뇨."

"그래?" 카포가 낄낄대며 물었다. "어떤 대가를 원하는 거지?"

"CKZ 114와 같은 거요." 눈물이 그렁그렁한 눈으로 그녀가 대답했다.

"거울을 본 적이 있기나 한 거야? 요구조건을 낮춰, 계집!"

"CKZ 114의 목숨과 내 목숨." 포로가 용기를 내 흥정을 했다.

"지금 농담하는 거야?" 즈데나가 소리를 빽 질렀다.

"그럼, 내 목숨." MDA 802가 마침내 말했다.

"안 돼, 안 돼, 안 돼, 안 돼!"

그러자 MDA 802는 스스로 가치를 지니고 있다고 여기는 사람들이라면 부끄럽게 여길 형편없는 제안을 했다.

"그럼 빵이라도."

즈데나가 경멸스럽다는 표정을 지으며 그녀에게 침을 뱉었다.

"정말 역겹군! 공짜라도 너 따윈 원치 않아."

그리고 그녀는 포로를 밖으로 내쫓았다.

"다른 사람들에게 가서 네가 알고 있는 걸 얘기해줘, 지금 당장!"

MDA 802는 울음을 터뜨리며 동료들이 작업을 하고 있는 터널로 되돌아갔다. 동료 포로들은 소독을 하고 온 손의 상처가 아파서 그러는 모양이라고 여겼다. 뭔가를 눈치챈 사람은 파노니크뿐이었다.

그녀의 눈길이 자신에게 쏟아지는 MDA 802의 눈길, 굴욕과 모멸감에 사로잡힌 눈길과 마주쳤다. 그 눈길에는 증오 역시 담겨 있었다.

파노니크는 절망으로 고개를 설레설레 저었다.

그날 저녁식사 시간, MDA 802는 편치 않은 기색이 역력했다.

"즈데나 카포가 괴롭히던가요?" 누군가 MDA 802에게 물었다.

"아뇨." 파노니크를 뚫어져라 보며 그녀가 대답했다.

"말해요. 하고 싶은 말이 있으면 털어놔 봐요." 파노니크가 한숨을 쉬듯 말했다.

"당신 입으로 말해야 하는 거 아닌가요?" MDA 802가 물었다.

"아니요. 당신이 말하세요. 말을 하고 싶어 안달이 나 있잖아요."

잠시 침묵이 흘렀다.

"말을 하기가 몹시 거북하네요." MDA 802가 마침내 입을 열었다. "즈데나 카포 말로는 원하는 것을 들어주기만 하면 우리 모두를 탈출시켜주겠다는 제안을 했는데 파노니크가 거절했대요."

식탁에 둘러앉은 사람들의 눈길이 대리석 같은 표정을 짓고 있는 파노니크에게 쏠렸다.

"그 거절, 잘 한 거요." EPJ 327이 말했다.

"정말 그렇게 생각하세요?" MDA 802가 물었다.

"우리야 어찌 되든 상관없다는 말이로군." 얼마 전 사람들의 웃음거리가 된 것에 앙심을 품고 있었던 남자가 말했다. "대단치도 않은 걸 갖고 그녀는 우리를 죽음으로 내몰고 있소!"

"닥쳐요, 야만인 같으니!" 한 여자가 끼어들었다. "파노니크, 당신이 꺼려하는 건 나도 이해해요. 다른 사람들도 충분히 이해할 거예요. 즈데나 카포는 괴물이에요. 우리 역시 그런…… 제안을 받는다면 역겨움에 치를 떨 거예요. 하지만 이건 생사가 걸린 문제예요. 그러니 어쩌겠어요."

"당신들은 명예 따윈 안중에도 없군요." EPJ 327이 이를 갈며 말했다.

"우리의 생명을 구하는 게 명예로운 일 아닌가요?" 여자가 항변했다. "EPJ 327, 당신은 파노니크를 미치도록 사랑하고 있어요. 우리가 그걸 모를 줄 알아요? 미치도록 사랑하지 않는 다음에야 그녀가 즈데나 카포에게 한 시간 정도 몸을 내맡기는 것보다 우리와 당신의 목숨을 내놓는 게 낫다고 말할 리가 없죠. 우리도 파노니크를 사랑하고 아껴요. 하지만 순결을 지키려는 그녀의 집착에 목숨을 바칠 정도는 아니에요."

여자가 입을 다물었다. 그녀가 전체 의견을 일목요연하게 표현했기 때문에 말을 덧붙이기 위해 나서는 사람은 아무도 없었다.

"당신들은 『비곗덩어리』의 부르주아들(모파상의 단편소설 『비곗덩어리』, 자신들을 억류하고 있던 프로이센 군 장교에게 일행인 창녀 '비곗덩어리'를 넘겨주고 위기를 모면한 부르주아들을 가리킨다─옮긴이)과 조금도 다를 게 없소." EPJ 327이 씩씩거리며 소리쳤다.

"그렇지 않아요." MDA 802가 말했다. "그 증거로, 파노니크 대신 내가 요구를 들어주겠다고 제안했는데 그녀가 거절했어요."

파노니크는 눈을 내리깐 채 입을 다물고 있었다.

"당신은 왜 아무 말도 하지 않죠?" MDA 802가 그녀에게 물었다.

"할 말이 없으니까요."

"거짓말. 우린 당신이 고매한 영혼을 가진 사람이란 걸 알아요. 우린 당신을 이해하고 싶어요." MDA 802가 물고 늘어졌다.

파노니크가 한숨을 내쉬며 고개를 저었다.

"당신을 원하는 게 여자라서 그래요?" 누군가가 순진하게 물었다.

"즈데나가 남자였더라도 제 반응은 같았을 거예요." 파노니크가 잘라 말했다.

"다시 말하지만, 우리에겐 설명이 필요해요." MDA 802가 말했다.

"당신들은 설명을 듣지 못할 거예요." 그녀가 대답했다.

"잘나신 공주님께서 우리를 사지로 내모는군!" 남자가 빽소리를 질렀다.

그가 너무 크게 소리를 지르는 바람에 다른 조 사람들의 눈길이 그들에게로 쏠렸다.

긴 침묵. 팽팽했던 긴장의 끈이 느슨해지자 다시 떠들썩한 소란이 일었다.

그러자 파노니크가 말했다.

"당신들은 패배자들처럼 행동하고 있어요. 우리들 중 어느 누구도 형장으로 끌려가지 않을 거예요. 바로 내가 적에게 아무것도 바치지 않을 것이기 때문에."

저녁식사는 무거운 분위기 속에서 끝이 났다.

이튿날 아침, 카포가 봉투를 꺼내 그날 처형시킬 포로들을 발표하자, 파노니크가 대열에서 두 걸음 앞으로 걸어 나와 주 카메라가 있다고 느껴지는 곳을 쳐다보며 외쳤다.

"시청자 여러분, 오늘 저녁, 나에게 표를 던져주십시오! 개표 때 두 사람의 이름이 아니라 단 한 사람의 이름만 있도록! 등록번호 CKZ 114가 득표율 100%로 뽑히도록. 당신들은 이 가증스러운 프로를 볼 정도로 타락했어요. 당신들은 단 한 가지 조건에서만 그 죄를 용서받을 수 있을 것입니다. 내일의 당첨자로 나를 뽑는다는 조건에서만. 당신들은 날 위해 그 일을 해줘야만 합니다!"

그녀는 뒤로 물러나 대열에 합류했다.

'맙소사, 내가 우려했던 일이 현실로 드러났군. 그녀는 완전히 미쳐버렸어.' MDA 802는 생각했다.

'멍청하게도 그녀가 우릴 구해줄 거라고 믿고 있었다니!' 같은 조의 나머지 사람들은 이렇게 생각했다.

EPJ 327마저도 두려움을 떨쳐버릴 수 없었다. '그녀는 숭고해. 하지만 아무리 숭고해도 오판을 할 수는 있어.'

즈데나는 크게 낙담했다.

파노니크는 절대적 평온함 속에서 그날 하루를 보냈다.

알쏭달쏭하기만 한 언론의 공식성명이 연이어 발표되었다.

논조는 달라도 곳곳에서 되풀이되는 지적이 하나 있었는데, 그것은 바로 "그녀는 자신을 그리스도로 여기고 있다"는 것이었다.

그날 저녁, 곳곳에 보내진 것도 똑같은 통신문이었다. "오늘 아침, 포로 파노니크가 대열에서 나와 '집단수용소'의 시청자들에게 만장일치로 자신을 뽑아달라고 단호하게 주문했다. 시청자들의 속죄가 그것을 통해서만 이루어질 수 있다고 선언함으로써 그녀는 명백하게 자신을 속죄양으로 지명했다."

신문보다 덜 양심적인 라디오와 텔레비전들은 파노니크가 이성을 상실한 것이라고 암시했다.

그날 저녁식사 시간, 무겁고 어색한 분위기가 식탁을 짓눌렀다.

"이 식사가 최후의 만찬인 셈인가요?" MDA 802가 물었다.

파노니크가 소리내어 웃고는, 주머니 속에 든 초콜릿을 꺼냈다.

"그녀가 초콜릿을 집어 조각내고는 '이것이 내 몸이니 다 같이 나눠 먹어라' 고 말하며 제자들에게 건네주었다."

"그분의 몸은 이렇게 적지 않았어." 그녀를 미워하는 남자가 빈정거렸다.

"나는 그분이 아니고, 당신도 없어서는 안 될 놀라운 인물이었던 유다가 아닙니다."

"적어도 그분은 사람들을 구하셨어!"

"당신은 지금 내가 그리스도가 아닌 것을 비난하고 있어요. 터무니없게도!"

"어제만 해도 당신은 우리에게 단 한 사람도 죽임을 당하지 않을 거라고 장담했소!" 남자가 항의했다.

"맞아요."

"그럼 도대체 어떻게 할 거요? 무덤 너머에서 우릴 보호해줄 작정이오?" 그가 물었다.

"너무 성급하게 굴지 마세요. 전 아직 죽지 않았어요."

"당신이 시청자들에게 주문한 게 실제로 일어날 수도 있어요. 당신한테 설득력이 있다는 거, 당신도 잘 알잖아요." 그가 말했다.

"난 그게 실제로 일어나길 기대하고 있어요."

"그럼 도대체 우린 언제 구해줄 거요?" 그가 항의했다.

"구원은 그 초콜릿 두 조각 같은 거예요. 그거 당신 몫이죠, 아닌가요?"

"잘난 척 좀 작작하시오." 남자가 말했다. "어딜 보나 당신보다 못나긴 했지만 우린 모두 다른 사람들을 구하기 위해 즈데나 카포의 제안을 받아들였을 거요."

"그보다 훨씬 더 가치 없는 것을 위해서도 받아들였겠죠." 파노니크가 되받았다.

그 말에 MDA 802가 움찔했다.

"그렇소." 아무것도 이해하지 못한 남자가 말을 이었다. "우리는 인간들이오. 살아 있는 온전한 존재들이란 말이오. 그래도 우린 때로는 손을 더럽혀야 한다는 걸 알고 있소."

"손이라고요?" 무례한 말을 듣기라도 한 것처럼 파노니크가 발끈했다. "당신이 제 입장이라면 했을 일에 대해 이러쿵저러쿵 하는 건 이제 제발 그만뒀으면 좋겠어요. 어느 누구도 제 입장에 처해 있지 않아요. 다른 사람의 입장에 처해 있는 사람은 아무도 없어요. 누군가 당신을 위해 당신이라면 엄두도 못 냈을 위험을 감수할 때, 그를 이해한다고 주장하진 마세요. 그를 심판하려 들지도 말고."

"아닌게아니라 왜 그런 위험을 감수하는 거죠?" MDA 802가 끼어들었다. "즈데나의 제안은 그렇게 위험한 건 아니었잖아요."

"그랬다면 난 내 욕망의 유일한 주인이라는 신념을 영원히 잃고 말았을 거예요. 난 이제 더는 덧붙일 말 없어요." 파노니크가 결론짓듯 말했다.

그때까지 절망 속을 헤매고 있던 EPJ 327이 마침내 입을 열었다.

"내가 얼마나 당신을 지지하는지는 당신도 잘 알 거요, 파노니크. 하지만 당신의 선언 이후로 난 두렵소. 감당할 수 없을 정도로 두렵소. 처음으로 난 당신을 이해할 수가 없구려."

"마지막 부탁이니, 우리 그냥 다른 얘길 하도록 해요."

"우리가 어떻게 다른 이야기를 할 수가 있겠소?" EPJ 327

이 말했다.

"그렇다면 묵비권을 요구하겠어요."

그날 밤 자정, 미리 약속하지 않았는데도 즈데나와 파노니크는 늘 만나던 곳으로 나왔다.

"무엇이 널 기다리고 있는지 알아? 처형이 어떤 식으로 행해지는지 알아? 네 그 가냘픈 몸에 무슨 일이 벌어질지 알고나 있어?"

파노니크는 귀를 틀어막고 즈데나의 입술이 움직임을 멈출 때까지 기다렸다.

"내가 내일 죽는다면, 그건 당신의 작품이 될 거예요. 내가 내일 죽는다면, 당신은 오로지 내가 당신을 원치 않았다는 이유 때문에 당신이 날 형장으로 떠밀었다고 매일 당신 자신에게 말할 수 있을 거예요."

"나한테 그렇게 매력이 없나?"

"당신은 여느 사람들보다 더 매력적이지도 덜 매력적이지도 않아요."

즈데나는 마치 칭찬을 듣기라도 한 것처럼 웃었다. 파노니크가 서둘러 덧붙였다.

"반면, 당신이 의존한 방식이 내가 보기에 당신을 영원히 매력이 없는 사람으로 만들어 놔요."

"영원히?"

"영원히."

"그럼, 내가 널 구해준다 한들 그게 무슨 소용이 있지?"

"날 계속 살아 있을 수 있게 해주잖아요." 이런 종류의 동어반복이 재미있다는 듯 파노니크가 말했다.

"그럼, 그건 또 나에게 무슨 소용이 있지?"

"금방 말했잖아요. 날 계속 살아 있을 수 있게 해준다고."

"그건 나한텐 아무 소용도 없어."

"아뇨, 있어요. 내 죽음을 생각하는 것만으로도 당신이 공포에 질리는 게 그 증거예요. 당신에겐 내가 살아 있을 필요가 있어요."

"왜지?"

"당신은 날 사랑하니까요."

카포가 깜짝 놀란 눈길로 그녀를 쳐다보고는 웃음을 삼키며 말했다.

"대담하군."

"내 말이 틀렸나요?"

"나도 모르겠어. 그럼, 넌 날 사랑해?"

"아뇨." 파노니크가 단호하게 말했다.

"자신만만하군."

"당신은 날 사랑해요. 그건 당신 잘못도, 내 잘못도 아니에요. 내가 당신을 사랑하지 않는 것 역시 마찬가지예요."

"그런데도 내가 널 구해줘야 한다고?"

파노니크가 한숨을 쉬며 말했다.

"당신이 도와주지 않으면 아무도 여기서 벗어날 수가 없어요. 당신은 아주 야비한 방식으로 행동했어요. 지금 당신에겐 속죄를 할 수 있는 기회가 주어졌어요. 그러니 그 기회를 놓치지 말아요……."

"넌 시간을 낭비하고 있어. 설사 지옥이 있다 하더라도, 불에 던져지는 형벌을 받는다 하더라도 난 개의치 않아."

"지옥은 있어요. 우리가 있는 바로 이곳이요."

"난 좋기만 한 걸."

"우리 만남의 조건들이 이상적이라고 생각해요?"

"'집단수용소'가 없었다면 나는 결코 너를 알지 못했을 거야."

"'집단수용소' 때문에 당신은 결코 나를 알지 못할 거예요."

"정상적인 시기에는 너 같은 사람은 나 같은 사람들을 만나주지 않아."

"그건 사실이 아니에요. 난 늘 누구든지 만날 준비가 되어 있었어요."

"그래서? 넌 날 마음에 들어 하지 않았을 거야."

"분명 지금보다는 훨씬 더 마음에 들어 했을 거예요."

"마치 내가 역겨운 것처럼 말하지 마."

"상황을 뒤집는 건 당신 마음에 달렸어요. 당신은 포로들을 해방시키고 이 역겨운 실험에 종지부를 찍는 훌륭한 사람이 될 수도 있어요."

"네가 말했듯, 그래도 네 마음을 얻진 못할 거야."

"하지만 내 우정과 존경심을 얻게 될 거예요. 이제 가봐야겠어요. 난 당신에게 할 말 다 했어요. 계획을 세우려면 당신에게도 시간이 필요할 거예요."

파노니크는 자신 있는 표정으로 서둘러 자리를 떴다. 그녀도 더는 불안을 감출 수가 없었던 것이다.

다시 혼자가 되었을 때, 즈데나는 자신에게 선택의 여지가 없다는 것을 깨달았다.

탈출 계획, 그것을 세우는 것은 불가능했다. 그녀는 카포지, 비상경보를 절단할 수 있는 기술자가 아니었다.

무기를 구해야만 했다.

그날 밤, 그녀는 단 한숨도 자지 못했다.

파노니크 역시 단 한숨도 자지 못했다.

'내가 미쳤지, 그런 위험을 감수하다니! 일이 이렇게 됐으니 난 어쨌거나 죽게 될 거야. 내가 죽음을 자초한 거야. 그러지 말았어야 했어. 난 이렇게 일찍 죽고 싶지 않아.'

그녀는 살아오는 동안 사랑했던 것들을 떠올려보려고 애썼다. 그녀는 좋아했던 음악들, 카네이션의 섬세한 향기, 맵싸한 후추, 샴페인, 갓 구운 빵의 맛, 소중한 사람들과 함께 보낸 아름다운 순간들, 비 갠 뒤의 신선한 공기, 푸른색 원피스, 최고의 책들을 하나씩 되새겨보았다. 그것은 너무나 좋았다. 하지만 그녀에겐 그것으로 충분치 않았다.

'내가 가장 살아보고 싶었던 것, 난 그걸 아직 살아보지 못했어!'

파노니크는 또한 자신이 아침들을 너무나 사랑했다고 생각했다.

그날 아침은 그녀의 속을 뒤집어놓았다. 그날 아침은 여느 날 아침만큼이나 가벼웠다. 그것은 배신자였다.

그 맑은 공기 역시 배신자였다. 밤사이에 도대체 무슨 일이 벌어지기에 아침만 되면 늘 공기는 맑아지는 것일까? 그 영원한 속죄는 도대체 어떤 것일까? 그리고 왜 그것을 들이쉬는 사람들의 죄는 사해지지 않는 것일까?

완벽한 하루의 약속, 이어질 영화보다 훨씬 더 멋진 크레디트(제목, 제작자, 감독, 배역 따위를 알리는 영화 첫머리의 자막—옮긴이), 그 형언할 수 없는 빛 역시 배신자였다.

누군가는 말했다. '모든 나날의 즐거움은 그 아침에 있다'고.

생애 마지막 날 아침, 파노니크는 뭔가에 속은 느낌이 들었다.

그날 아침, 포로들은 평소대로 처형될 사람의 발표를 듣기 위해 광장에 집결했다.

제5부

그것은 생방송이었다. 시청자들도 그것을 알고 있었다. 화면 한 구석에 '생중계'라고 씌어 있었으니까.

'집단수용소'의 시청률은 절대수치 100%에 도달했다. 그 방송은 말 그대로 단 한 사람도 빼놓지 않고 시청했다. 시각장애인, 청각장애인, 은둔자, 종교인, 거리의 시인, 어린아이, 신혼부부, 애완동물들까지. 경쟁 방송국들조차도 사회자들이 그 방송을 볼 수 있도록 일시적으로 방송을 중단했다.

정치인들은 TV 수상기 앞에 앉아 절망으로 고개를 저으며 이렇게 말했다.

"끔찍하군. 우리가 진작 개입했어야 했어."

바에서는 사람들이 TV 화면에서 눈을 떼지 못한 채 카운터에 반쯤 걸터앉아 각자 그날의 투표결과를 전망했다.

"그녀가 뽑힐 거야. 내가 장담하지. 정말 구역질나는 일이야. 왜 정치인들은 저런 걸 그냥 내버려둔 거지? 모조리 금지시키기만 하면 되는데. 나라를 이끈답시고 자리나 꿰차고 앉아 있는 작자들이 다 썩어서 그래. 나라꼴이 어떻게 돌아가는지, 이거야 원."

자칭 지식인들은 슬픈 눈길로 TV 수상기를 응시하며 인류의 미래를 걱정했다.

"차마 눈뜨고 볼 수 없는 광경이군! 인류의 앞날에 암운이 드리우고 있어! 우리에겐 저걸 바라보지 않을 권리가 없어. 저 끔찍한 일을 증언해야 해. 후손들에게 오늘의 일을 알려야 해. 그때 가서 그 자리에 없었노라고 말할 순 없어."

감옥에서는 죄수들이 TV를 시청하며 빈정거렸다.

"저러고도 우리더러 범법자라니! 그들이 감옥에 처넣는 건 우리들이야. 저 파렴치한 방송의 조직자들이 아니라."

하지만 그들은 TV에서 눈을 떼지 못했다.

사랑에 빠진 순진한 연인들은 서로를 껴안은 채 포근한 침대에 누워 TV를 시청했다.

"우리가 저 역겨운 세상과 얼마나 동떨어져 있는지 좀 봐! 사랑이 우릴 보호해주고 있어!"

전날 밤, 그들은 각자 상대방이 잠시 볼일을 보러 간 틈을

타 잽싸게 리모콘을 집어 투표를 한 터였다.

수녀들도 말없이 TV를 시청했다.

부모들은 바로 그것이 악이라는 것을 설명하기 위해 아이들에게 그 방송을 보여줬다.

병원에서는 환자들이 병에 걸린 걸 죄책감을 덜기 위한 구실로 삼으며 TV 화면을 바라보았다.

위선의 절정은 TV가 없는 사람들의 몫이었다. 그들은 이웃집을 찾아가 '집단수용소'를 시청하며 이렇게 분개했다.

"저 따위 것이나 방송하니, 나한테 텔레비전이 없는 게 얼마나 다행인지 몰라!"

발표의 순간, 파노니크는 즈데나 카포가 그 자리에 없다는 것을 알아차렸다.

'그녀가 날 버렸어.' 그녀는 생각했다. '내가 내기에 졌어. 난 이제 끝장이야.'

그녀는 깊이 숨을 들이마셨다. 그녀의 허파로 몰려드는 공기에 마치 유리조각들이 섞여 있는 것 같았다.

얀 카포가 포로들 앞으로 걸어 나와 우뚝 서서는 봉투를 열고 외쳤다.

"오늘 선고를 받은 자는 CKZ 114와 MDA 802다."

멍한 순간이 지나가자, 파노니크가 한 걸음 앞으로 걸어 나와 외쳤다.

"시청자들이여, 당신들은 모두 돼지들이야!"

그녀는 너무나 세차게 뛰는 심장을 진정시키기 위해 잠시 말을 멈췄다. 카메라들이 분노로 헐떡이는 그녀를 비췄다. 그녀의 두 눈은 분노의 샘으로 변해 있었다. 그녀가 말을 이었다.

"당신들은 아무 처벌도 받지 않고 악을 행했어! 그것조차 잘 해내질 못했지!"

그녀가 바닥에 침을 뱉고 계속했다.

"당신들은 우릴 보고 우린 당신들을 보지 못하기 때문에 당신들이 유리한 위치에 있다고 당신들은 믿고 있어. 하지만 그건 착각이야. 난 당신들을 똑똑히 보고 있어! 내 눈을 봐, 내가 당신들을 얼마나 경멸하는지 알 수 있을 거야. 그게 바로 내가 당신들을 보고 있다는 증거야! 나는 보고 있어, 입을 헤 벌리고 우리를 보고 있는 사람들을. 들키지 않은 채 우리를 보고 있다고 믿는 사람들, '난 다른 사람들이 어디까지 타락할 수 있는지 보기 위해 바라볼 뿐이야.' 라고 말하는 사람들, 그럼으로써 그들보다 더 낮은 곳으로 추락

하는 사람들 역시 나는 보고 있어! 내 눈은 텔레비전 속에서 이미 당신들을 보고 있었어! 당신들은 내가 당신들을 보고 있다는 사실을 똑똑히 의식하며 내가 죽어가는 걸 보게 될 거야!'

MDA 802가 울음을 터뜨렸다.

"그만 해요, 파노니크. 당신이 잘못 생각했어요."

파노니크는 MDA 802가 자기 때문에 죽게 될 거라고 생각했다. 그녀는 그것이 부끄러웠고, 그래서 입을 다물었다.

구십다섯 개의 모니터가 설치된 방에서 조직위원들은 기쁨을 감추지 못하며 그 장면을 지켜보고 있었다.

"그녀가 스타라는 걸 인정하지 않을 수 없군. 절대 시청률, 이건 여태껏 단 한 번도 없었어. 1969년 7월 21일(아폴로 11호의 달 착륙이 TV로 중계됐던 날—옮긴이) 미국에서조차. 여러분 생각엔 그걸 이뤄낸 게 왜 그녀인 것 같소?"

"사람들은 그녀를 선, 아름다움, 순수함, 그 모든 헛소리의 상징으로 여기고 있어. 선과 악의 싸움, 사람들은 그것에 환장하지. 쇼의 클라이맥스는 악덕에 의해 순수함이 처형되는 순간이야! 형장의 이슬로 사라지는 결백!"

"단지 그녀가 아름답기 때문이야. 그녀가 못생겼다면, 그녀에게 관심을 보이는 사람은 아무도 없을 거야."

"파리스 이후로 변한 건 아무것도 없어. 헤라, 아테나 그리고 아프로디테 중에 선택된 건 아프로디테지."

파노니크는 MDA 802와 함께 무거운 걸음으로 형장을 향해 걸어갔다. '내가 구하지 못한 친구', 바닥 없는 고통에 죄책감까지 짊어진 채 파노니크는 슬픔에 빠져들었다.

EPJ 327은 모든 이름으로 자기 자신을 원망했다. '넌 아무것도, 심지어 비굴한 시도조차 해보지 않은 채 그녀를 죽어가게 놔둘 거야. 무기력한 놈! 그녀의 최후를 보여줄 저 카메라들을 부숴버릴 수만 있다면! 그녀의 목숨은 구하지 못하더라도 그녀의 죽음만은 구할 수 있다면! 난 그녀를 사랑해. 하지만 그건 아무 짝에도 쓸모가 없어!'

그가 한 걸음 앞으로 나아가 외쳤다.

"시청자들이여, 마음껏 즐기시오! 당신들은 지상의 소금에게 죽음을 선고했소. 이제 당신들은 당신들이 되고자 했을, 혹은 당신들이 가지고자 했을 여자가 죽어가는 것을 보게 될 거요! 당신들에겐 그녀가 사라져야 할 필요가 있소.

그녀는 당신들과 정반대니까. 그녀는 당신들이 비어 있는 만큼 꽉 차 있으니까. 당신들이 그런 무가치한 존재들이 아니었다면, 가치를 가진 여자의 존재가 견딜 수 없는 것으로 여겨지진 않았을 거요. '집단수용소' 같은 방송은 당신들 삶의 거울이오. 수없이 많은 당신들이 이 방송을 보는 건 바로 나르시시즘 때문이오."

EPJ 327은 그에게 관심을 가지고 그의 말에 귀를 기울이는 사람이 아무도 없다는 것을 깨닫고는 입을 다물었다.

즈데나 카포가 다시 모습을 드러냈다. 그녀는 죽음을 선고받은 두 포로와 수행원들을 광장으로 도로 데리고 왔다. 그녀가 품에 안고 있던 유리병 일부를 바닥에 내려놓았다. 그녀가 양손에 유리병을 하나씩 들고 흔들어대며 말했다.

"이제 그만! 지금부터는 내가 명령한다. 내 손에는 당신들을 모두 죽이고도 남을 몰로토프 칵테일이 쥐어져 있다. 수용소 전체를 날려버릴 수도 있어! 누군가 나에게 총을 쏘려고 시도하면 내가 그것들을 모두 날려버릴 거고, 그럼 우리 모두 폭사하는 거야!"

모든 카메라들이 자신을 비추고 있다는 것을 의식한 그녀가 의기양양한 표정을 지으며 입을 다물었다. 여러 명의 조직위원들이 확성기를 손에 들고 연단 앞으로 황급히 뛰쳐나

왔다.

"당신들을 기다리고 있었소." 그녀가 웃으며 그들에게 말했다.

"이것 봐, 즈데나, 그거 바닥에 내려놓고 이리 와서 우리와 대화를 나눠보자고." 한 책임자가 아버지 같은 목소리로 그녀를 달랬다.

"이것 봐!" 그녀가 고함을 질렀다. "난 즈데나 카포다. 이제부턴 나에게 존대를 한다, 알겠나? 다시 한번 말해두지만, 유리병이 깨지면 몰로토프 칵테일은 즉시 폭발한다!"

"요구하는 게 뭡니까, 즈데나 카포?" 겁먹은 목소리가 확성기를 통해 말했다.

"나는 요구를 하는 게 아니라 명령하는 거다. 이곳을 지휘하는 것은 바로 나다! 그리고 나는 이 빌어먹을 방송을 끝장내기로 마음먹었다! 포로들을 단 한 명도 빼놓지 말고 풀어줘라!"

"다 풀어주라니? 지금 농담하는 거요?"

"농담? 아닌게아니라 농담 같은 소릴 하는군. 난 진지하게 이 나라의 지도자들에게, 특히 군대에 호소한다!"

"군대에?"

"그렇다, 군대에! 이 나라에는 분명히 군대가 있으니까.

국가 수반은 이곳으로 군대를 파견하라. 그러면 아마 포로들이 죽어가는 동안 그가 손가락이나 빨고 있었다는 사실을 사람들이 잊을 테니까."

"당신 손에 쥐어진 게 진짜 몰로토프 칵테일이란 걸 어떻게 장담하지?"

"냄새로!" 그녀가 보란 듯이 웃으며 말했다.

그녀가 유리병 하나를 열었다. 휘발유 냄새와 뒤섞인 고약한 악취가 확 풍겼다. 사람들이 한 손으로 코를 막았다. 즈데나가 병뚜껑을 닫고 외쳤다.

"난 휘발유, 황산 그리고 가성칼륨이 섞인 이 냄새를 좋아해. 하지만 보아하니 당신들은 나와 취향이 많이 다른 모양이군."

"당신은 공갈을 치고 있어, 즈데나 카포! 당신이 어떻게 황산을 구할 수 있었겠어?"

"트럭의 낡은 배터리에는 황산이 충분히 쓸 만큼 들어 있어. 그리고 수용소에는 널려 있는 게 트럭이고."

"한 전문가가 지금 내 귀에 대고 바닥에 가라앉은 액체의 색깔이 당신이 들고 있는 것과 같은 짙은 붉은색이 아니라 적갈색을 띠어야 한다고 말하는데……."

"그럼, 이리 와서 산산조각이 날 위험을 무릅쓰고 테스트한 번 해보시라고 하지 그래? 몰로토프 칵테일, 정말 아름답지, 안 그래? 서로 섞이지 않는, 너무나 다른 이 액체들······ 하지만 가성칼륨을 듬뿍 묻힌 이 헝겊과 접촉하기만 하면, 펑!"

즈데나 카포는 물 만난 물고기 같았다. 그녀는 자신에게 가장 잘 어울리는 역할을 하며 한껏 신이 나 있었다.

파노니크는 미소를 띤 채 그녀를 바라보고 있었다.

군대가 '집단수용소' 촬영장을 포위하자, 카포들이 문들을 활짝 열어젖혔다. 타 방송사에서 나온 취재팀들이 얼떨떨한 표정으로 그 문들을 통해 걸어 나오는 여윌 대로 여윈 포로들의 행렬을 촬영했다.

국방장관이 흥분된 표정으로 달려들어와 즈데나 카포에게 악수를 청했다. 즈데나는 유리병을 놓지 않은 채 서면으로 된 합의서를 요구한다고 선언했다.

"합의서라니?" 장관이 물었다. "협정 같은 거 말이오?"

"계약서라고 해두죠. 텔레비전이 이런 종류의 방송을 다시 시도할 때마다 당신이 즉각 개입하겠다는."

"이런 종류의 방송은 두 번 다시는 없을 거요!" 장관이 외쳤다.

"그래요, 물론 그렇겠죠. 하지만 이런 일에는 신중에 신중을 기해야 해요." 그녀가 몰로토프 칵테일을 가리키며 대답했다.

계약서는 비서실장에 의해 즉시 작성되었다. 즈데나 카포는 유리병 중 하나만을 내려놓고 서류에 서명하고는, 그것을 집어 카메라 앞에 들이댔다.

"시청자 여러분, 당신들은 모두 이 계약서가 작성되는 것을 지켜본 증인들입니다."

그녀는 시청자들에게 클로즈업된 계약 내용을 읽을 시간을 주었다. 그리고는 유리병들을 양팔에 끼고 그녀를 기다리고 있던 파노니크를 향해 걸어갔다.

"당신 정말 멋졌어요." 함께 수용소를 나서며 파노니크가 말했다.

"정말?" 거만한 표정을 지으며 즈데나가 물었다.

"달리 표현할 방법이 없네요. 그 유리병들, 대신 좀 들어줄까요? 그러다 떨어뜨리겠어요. 이제 와서 폭발하면 너무 억울하잖아요."

"그럴 위험은 전혀 없어. 낡은 배터리에 황산이 들어 있다는 얘긴 들어봤어도 어느 부분에 들어 있는지는 전혀 모르니까."

"그럼, 그 붉은 액체는 뭐예요?"

"와인. 오-메독 산이지. 구할 수 있는 게 이게 전부였어. 헝겊에 묻힌 것도 가성칼륨이 아니었어. 그게 진짜 휘발유였지. 냄새 풍기려고."

"당신 정말 환상적이었어요."

"그래서 너와 나 사이에 뭐가 좀 바뀌었어?"

"지금까지 내가 당신에 대해 가진 건 하나의 직감이었어요. 그게 확신으로 변했어요."

"구체적으로 뭐가 달라진 거야?"

"우리의 합의에서 달라진 건 아무것도 없어요."

"아무것도? 넌 날 데리고 놀고 있어. 날 치켜세워주는 척하며 속이고 있어."

"아뇨. 난 내가 이미 말한 것을 엄격하게 지킬 뿐이에요."

"그게 도대체 무슨 소리야?"

"당신은 영웅적이었어요. 당신은 영웅이에요. 앞으로 당신의 태도도 그에 걸맞은 것이길 바라요."

"지금 날 엿먹이고 있는 거지?"

"정반대예요. 난 당신을 어느 누구보다 존경하고 있어요. 당신이 날 실망시킨다면 견디지 못할 정도로."

"넌 날 속이려 하고 있어."

"당신은 역할을 뒤바꾸고 있어요. 난 처음부터 끝까지 당신에게 정직했어요."

"난 기적을 이뤄냈어. 그리고 고백하건대, 너한테서도 그런 기적이 일어나길 기대했지."

"일어났어요, 그 기적. 나한테 남아 있었던 당신에 대한 경멸감이 씻은 듯 사라져버렸어요. 솔직히 말하면, 당신은 인류가 탄생시킨 것 중에 가장 형편없는 것이었어요. 그런데 지금 당신은 인류가 만들어낸 것 중에 가장 멋진 것이 됐어요."

"그만해. 도대체 무슨 상상을 하는 거야? 난 다른 누군가로 변하지 않았어. 난 여전히 카포 역할을 기꺼이 받아들였던 바로 그 여자야."

"그렇지 않아요. 당신은 깊이 변했어요."

"천만에! 내가 한 모든 일은 널 갖기 위한 것이었어. 난 신경 안 써, 선한 누군가가 되는 것 따윈. 나에게 중요한 건 널 가지는 것뿐이야. 난 조금도 변하지 않았어."

"멋진 일 한 걸 후회해요?"

"아니. 하지만 대가가 아무것도 없으리라곤 예상하지 못했어."

"영웅적 행위란 게 본래 그래요. 아무 대가도 없죠."

즈데나는 땅을 내려다보며 계속 걸었다.

그들은 걸어서 어딘지 모를 공터를 가로질렀다. 그곳은 어디라고 분명히 말할 수 없는 유럽의 한 지역이었다. 그들은 오랫동안 걸었다. 마침내 마을이 나타났다.

"역으로 가자. 기차를 타고 네가 살던 도시로 가."

"돈이 없어요."

"내가 사줄게. 널 더는 보고 싶지 않아. 나한테는 참기 힘든 시련이니까. 넌 이해할 수 없을 거야."

즈데나가 매표소에서 파노니크에게 줄 표를 샀다. 그리고 플랫폼까지 그녀를 배웅했다.

"당신은 우리의 목숨을 구했어요. 당신은 인류를, 이 세상의 인류에게 남아 있는 것을 구했어요."

"됐어. 나한테 부담 가질 필요 없어."

"그렇지 않아요. 내가 당신에게 얼마나 탄복하고 감사하는지 말해야만 하겠어요. 그건 하나의 욕구예요, 즈데나. 난 당신과의 만남이 내 전 생애에서 가장 중요한 만남이었다고 당신에게 말해주고 싶어요."

"잠깐만. 방금 뭐라고 했지?"

"……가장 중요한 만남……."

"아니, 그것 말고. 넌 내 이름을 불러줬어."

파노니크가 웃었다. 그녀가 즈데나의 눈을 들여다보며 말했다.

"당신을 결코 잊지 않을 거예요, 즈데나."

즈데나는 머리끝에서 발끝까지 전율했다.

"그리고 당신은 여전히 내 이름을 부르지 않았어요. 그 사실 역시 말해주고 싶었어요."

즈데나는 깊이 숨을 들이마시고 파노니크의 눈을 똑바로 쳐다보며 마치 허공에 몸을 던지듯 말했다.

"네가 존재한다는 걸 알아서 기뻐, 파노니크."

그 순간 즈데나가 느낀 것, 파노니크는 즈데나를 관통하는 그것의 형언할 수 없는 파동을 보았다. 그녀는 곧 기차에 올랐고, 기차는 떠났다.

즈데나는 넋을 놓은 채 다시 우연을 향해 먼 길을 갔다. 그녀는 자신에게 일어난 일을 끊임없이 되새겨보았다.

갑자기, 그녀는 자신이 가짜 몰로토프 칵테일을 여전히 들고 있다는 것을 알아차렸다.

그녀는 길가에 앉아 그 유리병들 중 하나를 쳐다보았다. '아무리 흔들어대도 서로 섞이지 않고 하나가 다른 하나 위에 떠 있을 이 휘발유와 와인, 마치 그녀와 나 사이의 관계 같군. 하지만 우리 둘 중 누가 휘발유이고 누가 와인인지는 알고 싶지 않아.'

그녀는 유리병을 내려놓았다. 쓰라린 회한으로 마치 속이 타버리는 것 같았다. '너는 나에게 아무것도 주지 않았어. 그리고 나는 고통스러워하고 있어! 난 네 목숨을 구해줬는데, 넌 날 이 끔찍한 갈증에 내팽개쳤어! 난 죽을 때까지 이 갈증에 시달리게 될 거야! 그런데 넌 이게 공정하다고 여기겠지!

그녀는 화풀이라도 하듯 그 유리병들을 집어 나무에 대고 힘껏 던져버렸다. 병들이 차례로 깨졌지만 그 액체들은 서로 섞이지 않았다. 하지만 즈데나는 휘발유와 와인이 똑같이 땅에 흡수되는 것을 보았다. 그 순간, 그녀는 일종의 정신적 고양상태에 이르렀고, 마치 깨달음을 얻은 사람처럼 기쁨에 휩싸였다. '너는 나에게 그 무엇보다 소중한 것을 줬어! 그리고 네가 나에게 준 것, 그건 어느 누구도 준 적이 없는 거야!'

이 모든 이야기가 시작되었던 식물원으로 돌아온 파노니크는 EPJ 327이 벤치에 앉아 있는 것을 보았다. 그는 그녀를 기다리고 있었던 듯했다.

"제가 이곳으로 오리라는 걸 어떻게 아셨어요?"

"고생물학……."

그녀는 무슨 말을 해야 할지 알지 못했다.

"당신에게 알려주고 싶었어요. 내 이름이 피에트로 리비라는 걸."

"피에트로 리비." 그 발설의 중요성을 의식한 파노니크가 반복했다.

"내가 즈데나를 잘못 판단했소. 당신이 옳았어요. 하지만 우리가 목숨을 부지한 건 당신 덕분이에요. 오로지 당신만이 그 존재를 변화시킬 수 있었어요."

"그걸 어떻게 아시죠?" 약간 가시 돋친 어조로 그녀가 물었다.

"그녀와 같은 걸 겪었고 겪고 있으니까. 내가 그녀와 크게 다르지 않은 만큼 내가 즈데나를 경멸한 건 잘못이었소. 나 역시 그녀처럼 끊임없이 당신 생각을 하고 있으니까."

그녀는 그 옆에 앉았다. 그녀는 갑자기 그가 거기 있어서 행복하다는 느낌이 들었다.

"저에게도 당신이 필요해요." 그녀가 말했다. "이제 다른 사람들과 저 사이엔 깊은 구렁이 파여 있어요. 그들은 몰라요, 그들은 이해하지 못해요. 전 불안에 헐떡이며 한밤중에 깨어나요. 그리고 살아남은 게 부끄러워요."

"마치 나 자신의 말을 듣는 것 같군."

"죄책감을 견딜 수 없을 때, 전 즈데나를, 그녀가 우릴 위해 일으킨 기적을 생각해요. 그리곤 그녀에게 걸맞은, 그녀가 준 선물에 부끄럽지 않은 모습을 보여야 한다고 저 자신을 추스르죠."

피에트로 리비가 이마를 찌푸렸다.

"즈데나를 만난 이후로 제 삶은 깊이 변했어요." 그녀가 덧붙였다.

"이제 고생물학 공부는 그만둘 거요?"

"아뇨. 시작한 거니 끝내야죠. 하지만 이젠, 새로운 사람을 만날 때마다 저는 우선 이름을 물어보고 큰소리로 반복해 봐요."

"이해가 됩니다."

"그뿐만이 아니에요. 전 사람들을 행복하게 해주기로 마음먹었어요."

"아, 어떻게요? 자선사업가가 될 건가요?" 그 아름다운 파노니크가 자선사업에 투신하는 것을 보게 되리라는 생각에 낙담한 피에트로 리비가 물었다.

"아뇨, 첼로를 배울 거예요."

그가 마음이 놓이는 듯 웃음을 터뜨렸다.

"첼로! 멋지군요. 그런데 왜 첼로죠?"

"인간의 목소리와 가장 흡사한 악기니까요."

비평가들을 발끈하게 만들 만한(이런 발칙한!)

작년 이맘때쯤 프랑스에서 아멜리 노통브의 신작 『황산』
이 발표되었을 때, 프랑스 비평계는 뜨거운 논란에 휩싸였
다. 한쪽에서 "스캔들!" "졸작!"을 외치며 "매년 신작을 내
놓지 않아도 되니 힘겨우면 좀 쉬라"고 비아냥거리는 동안,
다른 쪽에서는 "비판을 위한 비판은 그만!" "프랑스에서는
대가를 치르지 않고 많은 책을 팔면 으레 미움을 사게 되어
있다. 무엇이 문제인가?"라고 반박했다.

논쟁이 격렬해지자 서평 전문잡지 《리르》는 비판과 옹호
의 글을 나란히 게재하기도 했다. 그 사이, 책은 날개 돋친
듯 팔려나갔다.

불구경하는 입장에서 볼 때(재미있지 않은가?), 『황산』에
는 비평가들을 발끈하게 만들 만한(이런 발칙한!) 것이 있
다. 방화의 혐의가 짙은 만큼 더더욱. 게다가 어디 한 번 때

려보라는 듯 비평가들의 손에 회초리를 쥐어주기까지 하니!

도대체 어떤 책이기에? 소설은 이렇게 시작된다. "타인의 고통만으로 더는 충분치 못한 순간이 왔다. 그들에겐 고통의 쇼가 필요했다." 시청률이 지상과제인 한 방송사가 '집단수용소'라는 리얼리티 쇼를 기획한다(요즘 방송사들의 행태로 볼 때, 알 수 없는 일 아닌가?). 나치 수용소 같은 곳을 재현해놓고 곳곳에 카메라를 설치한 후, 선량한 시민들을 무작위로 잡아들여 등록번호를 새기고 수감시킨다. 그리고 가혹한 수용소 생활을 견디지 못하는 포로들을 골라 처형한다(경쟁과 탈락은 리얼리티 쇼의 기본원칙이니까). 첫 방송이 나가자 언론은 스캔들을 외치며 성토에 성토를 거듭하지만 시청자들은 점점 더 뜨거운 반응을 보인다.

"시청자들이여, TV를 끄십시오. 가장 큰 죄인은 바로 당신들입니다!"

식물원을 산책하다 잡혀온 아름다운 여대생 파노니크(등록번호 CKZ 114)의 절규에도, '집단수용소'에서 대중의 관심을 돌리기 위한 언론의 침묵 결의에도 시청률은 계속 올라가기만 한다. 마침내 방송 제작자들이 시청자들의 투표로 처형시킬 포로를 뽑는 쌍방향 방송을 계획하며 절대 시청룡을 꿈꾸는 동안, 파노니크는 자신에게 푹 빠져 있는 즈데나 카포(새로운 미녀와 야수 커플은 동성이다)와 시청자들을 상대로 목숨을 건 내기를 준비한다……

아멜리 노통브는 소설 속에서 이미 이 소설에 대한 자신의 입장을 밝히고 있다.

"창조가 이루어진 다음 신의 임무가 뭐였더라? 그것은 아마도 책이 출간된 다음 작가의 임무와 유사할 것이다. 자신의 텍스트를 공개적으로 사랑하고, 칭찬, 야유, 무관심을 받아들이는 것. 비록 그들이 옳다 하더라도 작품을 바꿀 수 없는데도 꼬치꼬치 작품의 결점을 지적하는 독자들과 맞서는 것. 작품을 끝까지 사랑하는 것."

홀로코스트, 노출증과 관음증, 사디즘, 동성애, 시청자들의 허위의식, 지식인들의 위선…… 인화성을 띤 많은 주제들이 상 위에 올라 있다. 이제 그것들이 적절하게 '문학적으로' 잘 버무려졌는지 독자들이 입장을 밝힐 차례다.

이 상 해